カラメル屈折率

「俺は、別れないからな」
「なに、え、えっ？」
「おまえが、秋月となにしてようと。ほんとはもう、俺のこと
面倒だとか思ってようと、俺は、別れないからなっ！」
ものすごい声で、怒鳴られた。きょとんと宇佐見は目を瞠り、
なんのことかわからないと首をかしげる。

JN265917

カラメル屈折率

崎谷はるひ

14372

角川ルビー文庫

目次

口絵・本文イラスト／ねこ田米蔵

カラメル屈折率

きらきらと陽射《ひざ》しの眩《まぶ》しい春、四月。校庭にある桜はすでに青々とした葉を繁《しげ》らせ、やがて来る初夏を思わせる強い光に輝《かがや》いている。

それは宇佐見葉《うさみよう》が三年に進級してからほどない、ある日の放課後のことだ。

(あわわ、やばいやばい。遅《おく》れる)

ホームルームあとのクラス会議を終えるなり、鞄《かばん》を摑《つか》んで宇佐見は走りだした。進級と同時に、宇佐見の教室は二年時より上の階へと移動になったのだが、廊下《ろうか》の窓から眺《なが》める光景が、一階ぶんだけ高くなっていることに、まだ少し違和《いわ》感を覚える。

だが、眺望《ちょうぼう》など宇佐見にはどうでもいい。いまの教室は、去年にくらべて無駄《むだ》に玄関《げんかん》が遠くなって、面倒《めんどう》くさいだけだった。ことに、用事のある日はなおのこと、三階から階段を駆《か》け下りるのがもどかしくてしかたがない。

「っとにもう、なんでうちの棟《とう》には直接下駄箱《げたばこ》ついてねえかなあっ」

宇佐見がぼやいたように、この高校の校舎の造りは少し変わっている。

ふつうそれぞれの棟に昇降口《しょうこうぐち》があるものだが、宇佐見の教室のある三棟は、階段と渡《わた》り廊下で繋《つな》がれた二棟を通過しなければ、下駄箱に着けないのだ。

どうやらこの三棟だけをあとから増設したせいで、そんな変な造りになってしまったらしい。化学室や視聴覚室《しちょうかく》など、特別授業を行うための教室はさらにこの棟の四階部分に集中していて、その手の教室移動には便利になったが、登下校時は面倒でしょうがない。

（これで逆に遅刻者《ちこくしゃ》増えてると思うんだけどなあ）

ここから玄関までは、職員室棟にある長い廊下を突《つ》っ切らねばならない。思うに、絶対に職員室の前を通らなければならないという構造は、サボり対策なのだろうか

――などとぼんやり考えつつ、宇佐見の脚《あし》は止まらない。

二段飛ばしで降りる階段。気がはやりすぎて脚がもつれそうになり、ひんやりしつつも「うりゃっ」と声を発した宇佐見は、階段の途中《とちゅう》から踊《おど》り場まで軽《かろ》やかに跳《と》ぶ。

どうにか無事、二階の踊り場に着地はした。だが死角となる踊り場の向こう側、階段をのぼってきていた女生徒は、目の前に突然《とつぜん》現れた宇佐見に小さく声をあげた。

「――きゃ！」

「あ、ごめんねっ。ぶつかんなかった？」

通常なら同じ高校の男子がこんな危ないことをしていれば、女の子は目をつり上げて怒《おこ》るだろう。だが目を丸くした彼女に対し、宇佐見が片手で拝むと「もお」と苦笑《くしょう》されて終わる。

「ああ、びっくりしたあ。ちょっと、宇佐見くん危ないよ」

「怪我《けが》しなくてよかった。ほんと、ごめんね」

眉《まゆ》を下げた宇佐見の髪《かみ》に、明かりとりの窓からさす光が反射する。するりとなめらかな額には薄《うす》く汗《あせ》が浮《う》き、頬《ほお》が紅潮して、瞳《ひとみ》はきらきらと輝いている。目をあわせて謝られた女生徒は、ほんのりと顔を赤くした。

こっそり『3―2の王子』などというあだ名をつけられているくらい、宇佐見の容姿は華《はな》やかだ。高すぎず低すぎずの身長に、やや中性的な印象の強い大きな目と品のいい口もと。だが口を開けばいたって庶民《しょみん》派で軽く明るく、どんなタイプの女子にもわけへだてなくやさしいところなども、かなりポイントが高いらしい。

むろんそれは、宇佐見自身の処世術でもある。甘ったるい顔の男子は異性にも同性にも案外敵が多くなりがちで、愛想がよくなければ生きていくのにむずかしいのだと、十代にして宇佐見は悟《さと》っている。

「あー、悪い。おれ急ぐんだ、ほんとに、ごめんねっ。けが、ないよね？」

いつもなら、ここで彼女に軽くお世辞でも言ってもう少し機嫌《きげん》を取るところだが、今日の宇佐見はめずらしく、余裕《よゆう》がない。しっかりものらしい彼女は、しかたなさそうにため息をついて許してくれた。

「はいはい。行っていいよ。そっちこそ、けがしないでよ？」

「はあい、ごめんね。ばいばーい」

ぺこんと頭を下げ、すまなそうに笑ったあと、宇佐見は手を振《ふ》ってかけだした。

（フォローあんなもんでいいよな。ああ、もう、時間遅れるよっ）

大事なひとと待ち合わせをしているのだ。時間に厳しくまじめなので、怒らせたくはないし、ただでさえ忙《いそが》しそうな相手をわずらわせたくもない。

なにより、遅刻したらそのぶん、一緒《いっしょ》にいる時間が減ってしまう。

「こら、校内で走るなっ」

「ごめんなさーい！　急いでますっ」

「おい、待て宇佐見、止まれ止まれ！」

ばたばたと走っていると案の定、職員室前廊下の途中《とちゅう》で宇佐見を呼び止めたのは、担任の苦い声だった。しかもお小言は、廊下を走ったことだけに留《とど》まらない。

「さっきも言ったが、早く進路希望調査票、出さんか」

「うっ」

仁王《におう》立ちでじろりと睨《にら》んでくるベテラン教師に対し、宇佐見は思わず腰《こし》が引けてしまった。

「あのなあ。あとはクラスでおまえだけだぞ、提出してないの」

二年のときから世話になっているこの教師は、有賀《ありが》という。いまどきめずらしいほど教育熱心で人格も安定しているが、そのぶんだけとにかく説教が長いのだ。

面倒なのに捕《つか》まっちゃったな、と思いながら、宇佐見は及《およ》び腰のままへらりと笑った。

「やー、だって先生。まだ三年にあがったばっかだし」

「なにぬるいこと言ってるかっ」

えへへ、と愛想《あいそ》笑いをしてごまかそうとすると、五十いくつかになるベテラン教師は宇佐見をじろりと睨んでくる。

「まだじゃない。もう四月の後半だ。昨年度のセンター試験の問題だってもうすぐ公表されるし、AO入試なんか五月からエントリー開始だ。うかうかしとれんぞ」

旧制中学流れの進学校であるこの陶栄《とうえい》高校では、受験対策もできるだけ予備校などには頼《たよ》らず、校内での指導をきっちりしようという教師陣《じん》のポリシーがある。

理由のひとつには、いささか特殊《とくしゅ》な国立特別進学クラスの存在があるからだろう。通称《つうしょう》『特進』と呼ばれるそこは、全校生徒の九割を占《し》める普通科《ふつうか》に対し、一学年にひと組しか存在しない。

全教科の偏差値《へんさち》が、常に七十以上なければならないというそのクラスでは、入試問題から通常授業もすべて、普通科とは異なる。そして極度に成績が落ちるか、自分から転科を申しださないかぎり、三年間、同じクラスですごすのだ。

当然ながら例年、特進クラスのほぼ全員が全国模試で上位という成績を誇《ほこ》る。特進のおかげで有名大学への進学率も異様に高い。それが陶栄高校の自慢《じまん》でもあるらしい。

ごくごく平凡《へいぼん》な成績の宇佐見にしてみると、同じ高校で偏差値が軽く十以上、教科によってはさらに開きがあるというのは、いかがなものだろうと思わなくもないのだが、それはさておき。

「おれ、国公立組でもAO希望でもないですよう。私立希望で、できれば推薦《すいせん》がいいなーと」

及び腰で逃《に》げ口上を告げると、有賀はそのぎょろりとした目を動かした。

「おい、推薦だったらなおのことだ。いまはとくに特権的な推薦制度はないが、そのぶんだけ、内申《ないしん》だのが響《ひび》くんだぞ」

どうやらやぶ蛇《へび》だったらしい。くどくどと続く説教に、宇佐見は「うひゃ」と肩《かた》をすくめた。

「ＡＯは出願時の推薦状がいらないケースもあるけどな、受け入れ間口が広いぶん、一般《いっぱん》の推薦入試より高倍率になっている大学もあるんだからな」

ＡＯとはアドミッション・オフィスの略で、そもそもの言語の意味はアメリカの大学に設置されている入試担当部門のことであるらしい。だが、昨今はやりの『ＡＯ入試』はアメリカ本来の入試システムとはいささか異なる、日本独自のものだそうだ。

受験大学によってシステムはまちまちだが、従来のものでは一定期間に集中する入試時期を、秋、冬に分散させたり、合格の基準もテストの点数にくわえ、面談などでの人物評価、つまりは一芸や人間性を優先するなど、かなり特徴《とくちょう》的なものがある。

そしてこれは受験生のためというよりも、むしろ大学側の都合によるところも大きい。ストレートに言ってしまえば、少子化のための受験者減少を見越《みこ》し、才能や適性のある若者を、早いうちから研究室などに確保するいわゆる『青田買い』システムでもあるのだ。

ただし、受験が終わる時期が早いため、高校三年生の大半を遊んですごす学生が出るのではないかと問題視されている部分も否《いな》めないらしいのだが。

「っておまえこれ、この間のホームルームでちゃんと説明したろうが」

「はあ……あははは」

怪訝《けげん》そうに眉をひそめた有賀は、自覚はないらしいが同じことを何度も懇切丁寧《こんせつていねい》に話す。つまりは話がくどく、ループしがちなために聞くほうの意欲を殺《そ》いでしまうのだ。

(あんまりしつこいから、半分聞き流したんだよなー)

じつはよく聞いていなかったですとは言えず、宇佐見はごにょごにょと口をにごした。その自信なげな姿に有賀は顔をしかめ、「あのな」と苦い声を発した。

「重要なことなんだから、ちゃんと覚えておけ。まして推薦ならなおさら、これっていう特技か成績を、なんか持ってないと厳しいんだぞ？」

「はあ、そうですねえ」

どうでもいいけど話が長い。うんざりした顔をどうにか笑顔《えがお》でコーティングしている宇佐見の横を、まだ一年生らしい初々《ういうい》しい制服の女子らが、ちらちらと眺《なが》めながら去っていく。

そのうちのひとりと目があったため、反射でにこっと笑ってしまうと、真っ赤になって「きゃー」と言いながら走り去ってしまった。微笑《ほほえ》ましいなあと思って宇佐見が見ていると、有賀が呆《あき》れたような声をあげる。

「こら王子。説教の最中《さなか》にナンパすんな」

「王子言うのやめてくださいよ先生。第一あんなのナンパって言いませんよ、会釈《えしやく》ですよ」

「口ばっか生意気になってこのやろう」

新学期。新入生にとってはまばゆいばかりのこの季節は、三年生にとって憂鬱《ゆううつ》の時期でもある。周囲はぴりぴりするし、なんとなく不安だし。そんな空気をもっとも苦手とする宇佐見にとっては、今年の春はずいぶん苦い。

むろん、いつまでもぬるいままいられるはずがないことくらい、わかっているけれど、いまはお説教より大事な待ち合わせがあるのだ。

(トモ、帰っちゃわないかなあ)

そわそわして周囲をうかがう宇佐見の態度に、担任は「こら」と目をつり上げる。

「おまえな、まじめに聞かないか！　そう成績も悪くないんだから、もう少しちゃんと部活なんかにも身を入れてだな――」

「お話し中すみません、先生」

有賀の説教を遮《さえぎ》ったのは、ぐっと重たく響くような低い声だった。ぴしりと制服を崩《くず》さず身につけた彼の姿に、宇佐見はぱっと顔を輝《かがや》かせる。

「トモ！」

「んあ？　なんだ、矢野《やの》か」

矢野智彦《ともひこ》は、有賀の言葉に「はい」と静かに答えた。

「宇佐見に用事があるのですが、少しよろしいですか？」

背筋のぴんと張ったこの青年は、いまどきではだいぶ希少価値の出た学生服が非常に似合う。本来、軍服をモデルにしてデザインされている黒の上下。広く張った肩や十代にしては厚みのある胸にそれを纏《まと》うと、青年将校かのような凜々《りり》しい印象が強かった。

「おまえら、知りあいだったか？……って、そうか。中学同じだったな」

すこし意外そうな担任の言葉に、宇佐見は拗《す》ねた気分と誇らしさを同時に感じる。

「はい。同窓会の通知が来たので、連絡《れんらく》をするという話をしていました」

「ああ、なるほど。そういうことか」

合点がいったとうなずく担任に、宇佐見はぷう、と口を尖《とが》らせてみた。

（どうせ中学同じくらいしか、おれとトモに共通項《こう》ないですよーだ）

ふくれた宇佐見には誰《だれ》も取りあわず、矢野はその涼《すず》しい表情のまま淡々《たんたん》と告げる。

「そんなわけですから、よろしいでしょうか。同じ町内のとりまとめをするように言われていて、まだ宇佐見から返事をもらっていないので」

「おお。そりゃ大変だな。おい宇佐見、早くしろ」

自分が呼び止めておいてなんだその言いぐさは。そうは思うが、矢野を特別扱《あつか》いするのがこの教師にはじまったことではないので、宇佐見は「はあい」と気の抜《ぬ》けた返事をした。

特進でもトップ中のトップの成績を誇り――それはとりもなおさず全国的にトップという意味につながる――また文武両道をうたう陶栄高校のなかでもっとも厳しく熱心な部活動、剣道《けんどう》部の主将かつエースの彼は、現在三段の段位をもっている。

十四歳、中学二年生で初段、中学三年生時で二段と、段位取得の規定で最短コースを辿《たど》ってきた彼は、本来ならば三段取得後三年以上待たねばならない昇段審査《しょうだんしんさ》を、『特段の事由あり』として今年中にも受けてよろしいと剣道連盟のえらいひとに言われたのだそうだ。

「矢野の手なんかわずらわすなよ。こいつは忙《いそが》しいんだぞ？　今度の昇段試験もあるし」

「はあぁーい……わっかりましたあ」

有賀などはそれでも、あまりひいきの激しくないほうだ。だがとにかく矢野自身が超《ちょう》高校級と言われてしまう傑物《けつぶつ》なので、教師としてはどうしても気を遣《つか》うのだろう。

宇佐見が王子なら、矢野は若武者というところだろうか。とにかく、現代高校生らしからぬ風格と雰囲気《ふんいき》のある青年で、周囲は大人も若者も、一目置いているのだ。

「宇佐見、行くぞ」

「んー」

来い、と軽く視線で示されて、有賀の手前、表面上は渋々《しぶしぶ》でついて行くけれど、内心はもうときめきすぎて心臓が破裂《はれつ》しそうだった。

（あぁもうトモかっこいー……っ！）

目だけで言うことを聞かせるなんて、そこらのふつうの高校生ではできるものじゃない。

矢野の真っ黒な、そして雄弁《ゆうべん》なまなざしは力強く、またその体格も相まって、どこかえらそうな所作が異様に似合うなあと思ってしまう。

宇佐見は現在、身長が一七四センチある。これは高校二年時から一センチしか伸《の》びずに止まってしまったわけなのだが、矢野はといえば一年前でも宇佐見より十センチ以上背が高く、いまもまだ伸びているらしい。むろん、日々の鍛錬《たんれん》も欠かさないので、身長と筋肉が上手なバランスでついていて、研《と》ぎ澄《す》まされた鋼《はがね》のような身体《からだ》を矢野は手に入れている。すっきりと細身に見えるけれど、無駄《むだ》な肉のいっさいない筋肉質の矢野は、見た目よりも体重がある。そして、その手触《てざわ》りと重さを、宇佐見は肌《はだ》で知っている。

「職員室前で、走るなよ。説教されてあたりまえだろう」

「ごめん、でも、遅《おく》れそうだったから」

矢野は上半身もぶらさずゆっくりと歩いているのに、脚《あし》が長いせいかさきにいくのが速い。気持ち急《せ》いた足取りになりつつ、宇佐見は斜《なな》めうしろから謝った。

「同窓会のって、トモ、幹事だったっけ?」

「いつのまにか、そんな話になってた。とりあえず来月らしい。出席でいいんだろう」

「うん、いいよ。トモが行くなら行く」

あちこちから声は聞こえるけれど、あまり人気のない玄関口《げんかんぐち》は暗い。そこにいたって、くるりと振《ふ》り返った矢野は宇佐見の髪《かみ》に手を触《ふ》れてきた。

「え、え? なに?」

「汗《あせ》かいてる。宇佐見の髪は茶色いから、すぐ色が変わるな」

すこしクセのあるそれは天然で色が淡《あわ》く、入学時には『脱色《だっしょく》・染色はしていません』という申請《しんせい》を出すように言われたほどだ。

だがそもそも、シャンプーするだけで染まりますなどという洗髪剤《せんぱつざい》が販売《はんばい》される昨今、カラーリングと天然の見極《みきわ》めはむずかしい。学校側としても、行きすぎない歯止めをかけたいだけだろう。

「あー、ちょっと階段で、走った、から……遅れそうだったし」

「階段？　危ないだろ。べつに待ってるんだから、急がなくていい」

てへ、と宇佐見が笑うと、矢野は額にはりついているそれを、長い指でちょいちょいと額から払《はら》った。なんでもないように触れてくる、無意識の甘い動作に、宇佐見は赤くなる。

矢野の視線と表情が、さきほど有賀の前でつくろわれていた他人行儀《ぎょうぎ》なものとは違《ちが》う。年齢《ねんれい》に見合わないほど落ち着いた彼の視線が、じっと宇佐見にだけ注がれている。

それが嬉《うれ》しくて、にやけそうになる顔をこらえて、なんでもないような表情を繕《つくろ》おうとするのだけれども、問いかける声にはあきらかに喜色が混じってしまった。

「今日、部活、ほんとにないの？」

「だから帰れるって言ったんだろう。総体予選も終わったから、少し休みにしたって」

つい先日行われた高校総体の予選のため、春休み中も稽古《けいこ》に明け暮れていた剣道部の面子《メンツ》だが、この数日間だけ休養を取ることになっているそうだ。

「俺は平気だけど、ほかの連中がばてるからな」

「まあ、トモについていけるのも、そうそういないだろうけど」

一昔前には、スポ根まるだしのしごきなどもあったようだ。だが、過剰《かじょう》な筋肉疲労《ひろう》をためこむのは故障の原因になるため、ハードな試合や練習のあとには適度な休養が必要と、警察OBで鬼顧問《おにこもん》の内藤《ないとう》に説いて聞かせたのは主将である矢野らしい。

内藤はやや古風なタイプで、それこそ稽古中もなにかあれば竹刀《しない》で容赦《ようしゃ》なく尻《しり》を叩《たた》く。姿勢が悪いとか、態度がだれているときには有用な場合もあるが、単に疲《つか》れたときには逆効果にもなるのだと、矢野は淡々と語った。

「無駄に痛めつけて汗流したって意味はないしな。剣道なんかは精神論優先のところもあるけど、スポーツなのは事実だから。筋トレなんかはもっと、いろいろ取り入れたっていいんだ」

スポーツ力学の本なども読み、効率のいいトレーニングメニューを組んでいるのもまた、矢野自身らしい。そして自分自身も少し、休みが足りないと気づいたのだそうだ。

「そんなわけで、休養日は休養にあてることにしてる」

「ふーん。じゃあ道場の夜稽古も、ない？」

「ない。前にも言っただろう、指導は春からは断られたって」

稽古、といっても部活の練習後に鍛錬をするわけではなく、かつての矢野のような少年剣士《けんし》らに段持ちの彼が稽古をつけてやっている。要するに道場主から頼《たの》みこまれたボランティアであるのだが、さすがに受験生にこれ以上はとあちらから遠慮《えんりょ》されたのだそうだ。

――べつに予備校に行くわけでもないし、いままでどおりなんだけどな。

呟《つぶや》いた彼の言葉どおり、矢野はこれまで学習塾《じゅく》とか予備校とか名のつくものに、一度として通ったことがないそうだ。おそろしいことに、すべて学校の授業と自宅での勉強のみで、全国的にトップレベルの成績をたたきだしている。

そういう話を聞くだに、矢野と自分は人種が違うんだな、と宇佐見は思う。そもそもあまりプライドも高くはないタイプなので、引け目を感じるより単純に「すごいなあ」と思ってしまうのだが、周囲はそうでもないらしい。

特別視されるということは、異分子として見なされることでもあると矢野は言ったことがあった。むろん、普通《ふつう》科の面々にしてみれば特進そのものが違う世界の人種だが、その特進内部でも矢野は異質だった。

そもそもが、特進にいてまともに体育会系の部活をやってる時点で、ふつうではない。大半はかつかつにガリ勉をして、やっと授業に追いつくという連中も多いのだ。

おかげであのクラスからは余計に浮《う》きあがり、かつてはそれが窮屈《きゅうくつ》で普通科に転科しようとか、高卒で警察官を目指すなどと、周囲が真っ青になることを言ったこともあったらしい。

だがいろいろと考え直したのか、彼は結局三年になってもトップを張り続けている。

「あの、でもさ。休みにしたのに、おれと会っていいの？」

「どういう意味だ？」

なんにつけ無駄をきらう矢野が『必要』と判断したのだから、それは必要なことなのだろう。そう思いつつ、宇佐見はすこしだけ不安になる。

「ひとりで、ゆっくりしなくていいの？」

制服の袖《そで》をつんと引っぱると、軽く指のさきを握《にぎ》られた。ほんの一瞬《いっしゅん》ですぐに離《はな》れたけれど、走っていたときより心臓が速く高鳴って、宇佐見は赤い顔のままうつむく。

「ゆっくりしたいから、宇佐見に声かけたんだろう」

おまけに、なんでもないような顔でそんなことを言われてしまうと、どかんと頭が爆発《ばくはつ》しそうになる。だが、続いた言葉の色気のなさはさすが矢野だと笑ってしまった。

「このまんま、うちに来いよ。勉強見てやるから」

「あはは、うん」

陶栄高校ではいまだに三学期制のため、中間試験は五月の中盤《ちゅうばん》になる。成績優秀《ゆうしゅう》な矢野はともかく、宇佐見はぼちぼちテスト勉強に本腰《ほんごし》を入れないとまずい。

「えと、今日、家のひといるの？」

「いるよ」

あっさりした返事に少し落胆《らくたん》する。けれど以前なら、ここですげなく手をほどき「さっさと帰るぞ」と言ったであろう矢野は、手の甲《こう》で火照《ほて》った頬《ほお》に一瞬触《ふ》れた。

ぴくんと肩《かた》をすくめると、はっとしたようにすぐに離れたけれど、それだけでも宇佐見は口もとがゆるんでしまう。

（触《さわ》られちった）

近ごろの彼はこうして、なんでもないように触れてくる。どうも無意識のようで、気づくとすぐにぱっと離れてしまうのだが、それでも嬉しい。

「いるけど、べつにいいだろ」

「……うん」

「今度の週末も、試合や稽古はないんだけど、昇段試験の手伝いでいないし。時間、取れなくて悪い」

「ううん。いいよ」

昇段試験は本来、部活動とはあまり関係のない行事なのだが、顔の広い内藤のおかげで、矢野ら剣道部員はそうした行事に駆《か》りだされることがままあるそうだ。むろん、剣道連盟などのお偉方《えらがた》に顔つなぎをする意味もあるのだろうけれど、お茶くみや記録係などの雑用を学生にやらせるのは、経費を浮かせるためでもあるらしい。

「手伝い、大変だな」

「まあ、よくあるから。たいしたことないし、慣れてる」

中学から同じ、家も比較《ひかく》的近い間柄《あいだがら》の彼と、そういう意味でつきあうようになってやっと半年。朴念仁《ぼくねんじん》で鈍《にぶ》い彼氏につれなくされ、泣いたりへこんだりもしたけれど、いまはおおむね順調な感じだと思う。

「そっちこそ、バスケ部は？　もう引退なのか？」

「あー、ていうか、もう空中解散状態」

ふと気づいたように問われて、情けなく宇佐見は笑う。宇佐見も一応バスケット部なるものに所属していたわけだが、矢野の剣道部と違ってお遊び同好会のそれは、ろくな活動もしていなかった。おかげで三年卒業時に部員は激減、この春の新入部員獲得《かくとく》も厳しく、まだ五月にもならないというのにミニゲームすらできない人数に成り下がったのだ。

「そもそもハーフコートの片面ゴールしかないんだもん。まじめにやりたいやつじゃあ、とても物足りないし、いまの面子も遊び仲間状態だし」

「まあ、たしかにあんなコートじゃどうしようもないな」

皮肉なことに、弱小同好会もどきのバスケット部のコートは、陶栄高校でもっとも優秀な成績を誇《ほこ》る剣道部道場敷地《しきち》の真横にあった。激しく竹刀と防具を打ち鳴らす音が聞こえる真横で、ボールを弾《はず》ませていた記憶《きおく》はほとんどなく、大抵《たいてい》は皆《みな》で集まって夜遊びの相談をするばかり。

「正直、部活で顔合わせるより、クラブに行ったほうが面子がそろうくらいだったから」

「クラブ？」

インターハイ出場経験者に言うことでもないなと苦笑《くしょう》しながら宇佐見が告げると、矢野は一瞬だけぴくりと眉《まゆ》を動かした。

「そういうところ、よく行くのか？」

「え？　いや最近は行ってない、けど」

表情もとくに変化はなく、声も相変わらず淡々《たんたん》としている。けれどぐうっと隣《となり》にいる彼の機《き》嫌《げん》が悪くなったのを感じて、宇佐見は慌《あわ》てた。

「あ、あの、ほんとに行ってないから！」

違《ちが》う違うと手を振《ふ》った宇佐見の顔をちらっと眺《なが》め、矢野は目を逸《そ》らした。

「ふうん」

微妙《びみょう》な返事に、どぎまぎする。つれないくらいに無表情のまますっさと靴《くつ》を履《は》いた彼は、立ちつくしている宇佐見をちらりと見た。

「なにしてる。行くぞ」

「ま、待って」

あたふたと靴を履き、小走りに駆けだす。待っていてくれるということはそんなに機嫌も悪くはないのかと胸を騒《さわ》がせていた宇佐見は、眉を寄せたまま背の高い彼をじっと見た。

「お、怒《おこ》った？」

「怒ってない。行ってないならいいし、――いや、べつに俺が口出すことじゃないから」

目を逸らした矢野の、そっけないような返事に胸がひやっとする。宇佐見は顎《あご》を引いて、上《う》目遣《わめづか》いになりながら、眉をひそめた。

「でも、トモ、顔が怖《こわ》いよ」

「地顔だ」

たしかに矢野の表情はいつも、にこやかとは言いがたい。だがその広い肩から噴《ふ》きだしている怒気《どき》に似たものに、宇佐見はうまく言葉がつづれなくなる。

(失敗したなあ)

むすっとしたまま歩きだすので、またちょこちょことうしろをついていく。

矢野は、宇佐見が夜遊びをすることをあまり好まない。それは単に狭量《きょうりょう》なわけではなく――かつてその時期に、宇佐見がどんな遊びをしていたか、知っているせいだ。

――俺はあんまり寛容《かんよう》じゃないから、できればそのへんの話はするな。

怒っていないけど妬《や》ける。そんなふうに言ってくれたのは去年の冬の話だった。だからたぶんこれは、言葉のとおり怒っているわけではないのだと思う。

妬かれて嬉《うれ》しいと、あの言葉をもらったときは単純に思った。だが、近ごろはそんなおめでたいふうにばかりは考えられない。

口出すことじゃないなんて、そんな言葉はあんまり矢野の口から聞きたくないと思いながら、宇佐見は眉を下げた。

「しゃっす！　矢野先輩《せんぱい》お疲《つか》れさまです！」

すれ違いざま、数人の下級生がこちらを見て勢いよく頭を下げた。あまりの威勢《いせい》のよさに宇佐見はびくっとなるが、矢野は驚《おどろ》いた様子もない。

「ああ。気をつけて帰れよ」

「うす！　主将、失礼しまっす！」

鷹揚《おうよう》にさえ見える仕種《しぐさ》で軽くうなずいた矢野に、部員たちは緊張《きんちょう》を隠《かく》せない様子でふたたび頭を下げた。

「先輩も、失礼しますっ」

「えっ？」

体育会系部らしい礼儀《れいぎ》正しさで、後輩《こうはい》らは通りすがりのような宇佐見に頭を下げた。部活の敷地が隣接《りんせつ》するせいで、宇佐見がバスケット部の三年だということを知っているらしい。宇佐見自身も見たことのある顔だった。

「あ、ああうん。さよなら」

「しゃっす！」

ひらりと手を振ると、さらに深く腰《こし》を折られる。後輩からこんな礼を尽《つ》くされたことのない宇佐見は、へどもどと愛想笑いをしながら会釈《えしゃく》を返すしかなかった。

ふと気づくと、歩みの速い矢野はもうだいぶさきに進んでいた。すっとした矢野の背中を、数歩離《はな》れた位置から見ながら、宇佐見はすこしだけ寂《さび》しく思う。

(でも、ちょっと離れてて、よかったな)

特進で剣道部のエースでもある矢野と宇佐見がつるんでいると、さっきの担任同様、誰《だれ》もが不思議そうな顔をする。そして同じ中学だと告げるとやっと納得《なっとく》したようにうなずくのだ。

――だろうな、共通項《こう》はないし、タイプも違いすぎる。

無言でそう伝えられるたび、宇佐見は面倒《めんどう》だなあと思うのだ。

さきほどの剣道部の後輩たちでさえ、いささか怪訝《けげん》そうに、宇佐見と矢野の取り合わせを眺めていた。おまけに、中学が同じとはいえ高校の二年、それも後半になるまで、ふたりはろくに校内で話していたこともない。

(見た目でも、変なのかな)

清潔で真っ黒な髪《かみ》に、凛々《りり》しいという言葉がぴったりの風貌《ふうぼう》である矢野は、どこからどう見てもいまどきめずらしいほどの優等生だ。しかも長身のせいか重厚な印象が強く、口数もそう多くはない。また剣道と学業の両方で全国一を狙《ねら》えるレベルの優秀《ゆうしゅう》さゆえに、校内でその名前を知らないものはないほどの有名人でもある。

対して宇佐見はというと、いわゆる世間一般《いっぱん》がイメージするところの軽い高校生そのまま、という見た目だ。中学のころには芸能プロのスカウトも受けたほどだけれど、それも庶民《しょみん》派アイドルタイプのかわいい系だからだ。モデルになるほどの強烈《きょうれつ》な印象や華《はな》があるわけではない。

そして成績はといえば普通《ふつう》クラスの、中の上。担任のお小言のとおり、悪くもないけれど、特別いいわけでもない、ぱっとしないものだ。

こんな自分が矢野のそばにいるのは、やはり不釣《ふつ》り合いなのだろうか。肩《かた》を落として、宇佐見はとぼとぼ歩く。なんとなく隣を歩くのはまずい気がして、三歩も五歩も遅《おく》れがちになる。

（おれの、彼氏なのにな）

さきほど手をつないだときのほんのりした高揚《こうよう》感などあっさり消えて、どこか寂しいような、ほんのすこしうしろ暗いような気分が、ずっしりと肩にのしかかった。

以前はこんなことを考えたりしなかった。ただ偶然《ぐうぜん》行き会ったとき、肩を並べて歩くだけでも嬉しかった。つれなくされると単純に悲しかったし、もっと寄りそいたいと思ってもいた。

それはある種、矢野が多忙《たぼう》すぎたがゆえのことだったのだなと、最近宇佐見は理解している。

まだ夏のインターハイを控《ひか》えているため、部活には手を抜《ぬ》かない矢野だけれど、本人が言ったように近所の道場での稽古《けいこ》はやめたようだ。また、さきほど口にしたように、自身が主将となってからは昨年度までの無茶な稽古のスケジュールはやめ、身体《からだ》を休めるときは休めるようにとカリキュラムを提案したりもしたらしい。

おかげで、矢野の夜はだいぶ時間が空くようになった。部活に関しては相変わらず、練習だ合宿だと忙《いそが》しいけれど、進級前に比べるとマシなほうだ。

つきあいはじめてからしばらくは、その合間を縫《ぬ》うように必死で宇佐見は一緒《いっしょ》にいたがった。

部活の終わりを待って外で待ち合わせて、ファミレスデートをせがんだり、近所の公園をぶらぶらしたり。

その時期に比べるとずいぶん、恵《めぐ》まれているのだと思う。だが、外で待ち合わせるしかなくて、否《いや》が応でもふたりきりにならざるを得なかったころと比べ、校内でも肩を並べるようになったとき、気づいてしまったのだ。

ふたりがつるんでいると、どこかしら不思議そうな周囲の表情に。

（もっと、前からちゃんと、話しておけばよかった）

過去を悔《く》やんでもしかたがないけれど、宇佐見はこっそり唇《くちびる》を噛《か》む。

中学二年生のとき、矢野と宇佐見ははじめてキスをした。それは誓《ちか》って冗談《じょうだん》混じりの勢いでしかなく、その後のふたりの関係性も、なんら変わることはないままだった。

宇佐見がこの高校を選んだのも、矢野と同じ高校がいいからという、その程度の理由だった。

だが、いざ入学してみれば特進と普通クラスのレベルの違いに驚いた。まず校舎自体が別棟《べつむね》、授業は使う教科書から違う。おまけにエリート特権意識ばりばりの特進と、普通クラスの連中の間には、長い間に培《つちか》われたお互《たが》いへの苦手意識のようなものが歴然とあった。

宇佐見はうっかり特進の教室を訪ねるだけでも、睨《にら》むような、あるいはしらけた目で見られることに怯《おび》えた。カリキュラムが違いすぎるから、授業の話は噛みあわない。そのうち周囲はお互いに似たタイプで固められていて、気づけば話をすることさえうまくできなくなっていた。

おまけに小学生から剣道《けんどう》ばかの矢野は、朝練夜練に励《はげ》むあまり、ろくに顔も見られなくなった。あまりの距離感《きより》に寂しくて、ばか騒ぎをする仲間にその淋《さび》しさを埋《う》めてもらううち——宇佐見はうっかり、男と寝《ね》てしまった。

城山晃司《しろやまこうじ》という名前の彼は、バスケ部の二学年上の先輩で、ものすごい遊び人で有名だった。そして遊び帰りの酔《よ》った勢い、ぱっくりといただかれたその日、あさはかなことに宇佐見は矢野の愛称《あいしょう》を口走ったらしい。

——おまえ、誰か好きなやつでもいんの?

セックスも軽い運動と割りきる先輩に問われて、自分が誰を本気で好きだったのか、悟《さと》ってしまったというわけだ。

それから悶々《もんもん》とした片思いの日々が続いて、あきらめて泣いて。

けれど本当は矢野のほうも、自分を好きだったと知った日には、本当に有頂天《うちょうてん》だった。

セックスも、もう何度かした。いま目の前にある背中にすがって腰を振《ふ》って、すごくたくさん、気持ちよくもしてもらった。ぜんぜん飽《あ》きないし、できるなら毎日だってしたい。

快楽が欲しいわけではなくて、その瞬間《しゅんかん》の矢野が完全に自分だけのものだと思えるからだ。

(なんで、両思いなのにいつまでもおれ、こんな気分なんだろうなあ)

妬《や》いてくれるということは、相手もちゃんとこちらを好いていてくれるのだろうとわかっている。もっとかまえと大暴れしたおかげで、こうして空いた日には一緒に帰ってもくれるし、家にだって招いてくれる。

(なのに、どうして？　おれ、なんでこんなぐらぐらすんだろ)

ちょっと手を握《にぎ》っただけでのぼせあがって、背中を向けられただけで落ちこんで、宇佐見の心のアップダウンはあまりにも忙《せわ》しない。

「宇佐見、どうした」

「え、あ？　あれ？」

遅《おそ》い、と振り返った彼に目をあわせると、もうとっくに校外に出ていた。長い脚《あし》の颯爽《さっそう》とした動きだけ見つめて、ほてほてと歩くばかりだったから、まるでまわりが見えていなかった。

「あ、もうこんなとこまで来てたのか」

いつのまに、と首をかしげて周囲を見ると、矢野は呆《あき》れたようにため息をつく。

「おまえ、前ちゃんと見て歩け。危ないだろ」

「や、トモのあと、ついてたから、いいかなって」

えへへと笑うと、ばか、ともう一度ため息をついた矢野に軽く小突《こづ》かれた。

「子どもみたいなこと言ってるなよ。自分でちゃんと見てないと、だめだろ」

俺は背中に目はないぞと告げる矢野の言葉が、妙《みょう》にずっしりと胃に重く感じる。

「……うん、そだね」

うつむいてポケットに手を入れると、かさりと紙が音を立てた。その瞬間、すうっと胸のなかに冷たい水を流しこまれたような、いやな気分が襲《おそ》ってくる。

進路希望調査票。担任に叱《しか》られてもまだぐずぐずとしているのは、その埋めるべき記入欄《らん》が真っ白のままだからだ。

恋《こい》する宇佐見にとって、受験というビッグイベントは、非常に微妙《びみよう》な存在だった。

入学のときにはひどく遠い未来に思えたのに、高校の三年間など、本当にあっという間だ。つい先日必死になって勉強してクリアした受験を、ふたたび味わう羽目になるのだと考えるだけで、宇佐見はひどく気が重い。

中学までは公立だったから、なにも考えたことなどなかった。そして高校は、矢野と一緒《いっしょ》がいいなと思った。成績は違《ちが》いすぎたけれど、特進と普通クラスという二択《たく》ができたおかげで、とりあえずは同じ学校に通うことはできた。

けれど、このさきは違う。大学、そして就職と、歳《とし》を重ねるごとに分岐《ぶんき》は増えて、しかもどんどん選択《せんたく》はむずかしくなっていく。

おまけに矢野の頭脳ではどこであろうと問題はないが、間違いなく今度こそ、宇佐見はついてはいけない。まして、彼に自分が入れるレベルの大学に入ってくれなどと、甘えたことを考えるほどにばかじゃない。

将来を見据《みす》えた決断も絡《から》むため、矢野も宇佐見も、進路選択は慎重《しんちょう》にいかねばならないのだ。

将来。十代にはあまりに遠くて重たい気のするそれを、いまのうちにしっかり決めなさいと言われても、なかなかそんなものはむずかしい。

むろん大学に進学してから考える手もあるけれども、それでは遅いと大人は言うし、宇佐見もそのくらいはわかっているのだ。

だから、矢野がどこの大学に進む気なのかをずっと、訊《き》けないでいる。

訊いたが最後、無謀《むぼう》を承知でこの調査票に『矢野智彦と同じところ』と書いて本気で提出してしまいそうだからだ。

「宇佐見、どうかしたのか？」

「ん、なんでもない」

覗《のぞ》きこまれて、かぶりを振った。あまり変わらない表情だけれど、心配そうなのはわかる。

「さっきの、本当に怒ってないぞ」

「え？」

「口、出したみたいになって、いやだったらごめん」

矢野はさきほど一瞬、機嫌《きげん》を悪くしたことで、宇佐見が落ちこんだのだと思ったらしい。率《そっ》直《ちょく》な謝罪に思わずふわりと笑ってしまう。

「やじゃないよ。それに、やきもち妬いてくれたんなら、おれ嬉《うれ》しいけど？」

「ばか」

ひとこと告げてそっぽを向くのは図星だからだ。精悍《せいかん》な頬《ほお》がひきつっているのは照れているせいで、その削《そ》げたようなラインの頬にキスしたいなあと宇佐見は思う。外は、まだ明るい。帰宅途中《とちゅう》の同じ高校の生徒たちもたくさんいて、手もつなげないしなにもできない。それが悔《くや》しいなあと思って、宇佐見はじっと見つめ続ける。

「あんまり、そんな目で見るな」

「そんな目って、どんな目？」

わかっているくせにとぼけて問うと、頬を手の甲《こう》ではたくふりで、矢野がするっと撫《な》でていく。一瞬だけ絡《から》んだ視線に、彼も同じ気持ちだとわかるとぞくぞくした。

「ねー、キスしたい」

「ここで言うな」

矢野がぴしゃっと言うのは、ひと目を気にしたからじゃない。煽《あお》られると我慢《がまん》できないと教えるように、強い手で一瞬だけ宇佐見の腕《うで》を摑《つか》んで離《はな》されるから、ちゃんとわかる。

（大好き、トモ）

二年まではこまめに短くしていた前髪《まえがみ》は、いまではある程度の長さでキープされている。宇佐見が「そっちのほうがかっこいい」と再三せがんで切らないでいてもらっているからだ。切れ長の涼《すず》しい目元に軽くかかるようなそれを、長い指が払《はら》った。剣道のせいか所作のきれいな彼は、些細《ささい》な仕種《しぐさ》でもすっとしていて見惚《みと》れてしまう。

矢野の黒い髪、黒い目、黒い——制服。身体《からだ》や心の変化が著《いちじる》しい成長期、とりわけ身長の伸《の》びがすごかった矢野は何度も制服を買い換《か》えていたが、いま身に纏《まと》うそれもいまいち寸足らずに見える。

「トモ、制服、もうきつい？」

「ああ。身長はもうだいぶ落ち着いたんだけど、胸囲が増えたから。袖《そで》ぐりがつらい」

もうずいぶんしっかりした身体なのに、また逞《たくま》しくなったのかと、ちょっとうっとりしかけた宇佐見の耳に、苦笑《くしょう》混じりの声が聞こえた。

「買い換えても、もうあと一年もないからな。これで我慢するしかない」

新調したところで、すぐに用済みになるのがもったいない。ぽつりと呟《つぶや》かれたそれに、宇佐見は一瞬、声が出なかった。

（もうあと、一年もない、か）

矢野のなにげない言葉が、ずっしりと胸にのしかかる。矢野も宇佐見も、二度とこの服を着なくなるということは、つまり同じ学校に通う時間がそれほどには残されていないということなのだ。

「そ……だね。もったいないし。近所とか親戚《しんせき》とか、誰《だれ》かのおさがりとか、ないの？」

「俺より体格のいい知りあい、いるか？」

いないね、と笑いながら冗談《じょうだん》めかして肩《かた》を叩《たた》く。まだぴちぴちというほどではないけれども、いささか動きは窮屈《きゅうくつ》らしいことが、布の張りつめかたでよくわかった。

（どんどん、大人みたいになるんだな、トモ）

身だしなみはきちんとしている彼だが、最近髭《ひげ》もだいぶ濃《こ》くなったらしい。ごくたまに一緒《いっしょ》に朝を迎《むか》えたときなど、ざらっとするそれが頬に痛いこともある。

宇佐見は家系的な体質なのか、一週間ほったらかしてやっと産毛がちょろちょろと生える程度だ。しかも髪の毛に同じく、全身の体毛が色が薄《うす》いので、ぱっと見にはまずわからない。

たった三年間で、身体は変わった。こころも、だいぶ変化した。

（なんでもっと、一緒にいなかったのかな）

片思いの間中、宇佐見は彼から逃《に》げ続けていた。抱《だ》いて欲しくてたまらなくて、そんな自分のあさましさが矢野を汚《けが》すようで、苦しかった。

けれどもっと早く、もっときちんと気持ちを伝えていたら。そう考えてしまうのは、目前に見える受験と卒業のせいなのだろうか。

（なーんか、いつまでもぐるぐるしてる。おれ）

若いうちには、迷って悩《なや》むのが仕事だと誰かが言っていた気がするが、できるなら迷いも悩みも縁遠《えんどお》く、ふわふわと幸せにいられたらいいのに。

十八歳。まだ大人じゃない。けれどもう、子どもでもない。

矢野はいつでも涼やかだった。けれど自分はどうだろう？

そんなことを考えるのも、迫《せま》り来る受験の憂鬱《ゆううつ》のせいだろうか。

「なんか、甘いモノでも買っていくか？」

ずっとぐるぐる考えこんでいたら、めずらしく言葉の少ない宇佐見に気遣《きづか》ったのか、矢野がそんなことを言った。目の前には、いつも通い慣れた道筋にあるコンビニエンスストア。

気を遣わせてしまったのが歯がゆくて、宇佐見は明るい声を出す。

「あ、おれプリンがいい。この間の新商品、ほんとに卵の味がするんだ」

「ふうん？」

強面《こわもて》な印象なのに、矢野はけっこう甘いモノがきらいではない。宇佐見も同様で、どちらかの家に行くときにはコンビニスイーツを買いこむこともある。

「カラメルソースが、ちょっと苦めでうまいよ。トモ、好きじゃないかな」

「じゃあ、それ二個。あ、あと俺、ちょっとコピー取るから、買いものしててくれ」

「わかった」

自動ドアを通過するときにぴんぽん、と音がした。いらっしゃいませと顔もあげずに言う店員は、いつものやる気のないバイトくんだ。

ふっと、その瞬間《しゆんかん》宇佐見の思考は切り替《か》わる。

（チャンスかも）

矢野はなにやら授業に関連するテキストのコピーを取っているらしい。いまなら、と宇佐見は矢野に勧《すす》めたプリンとペットボトルのお茶をふたつカゴに入れ、するりとそのコーナーから抜《ぬ》けだす。

（あった）

歯ブラシや絆創膏《ばんそうこう》の置いてある棚《たな》のあたりをちらっと見ると、目的のものが見つかった。ゼリーつき六個包装。それから水溶性《すいようせい》ローション。こういうものを買うときは絶対周囲をきょろきょろ見ないで、しれっと手に取るのが大事だ。

「いらっしゃいませぇ」

やる気のなさそうな店員は、あたりだったようだ。内心どきどきしつつの宇佐見がレジにどんとカゴを置くと、中身と客の顔を見比べもしないまま、バーコードセンサーをぴっぴっぴっと当てて、合計金額だけを口にした。

「三千三百四円のお会計になりまーす」

もそもそとビニール袋《ぶくろ》を広げたが、その前に小さな紙袋《かみぶくろ》へとコンドームとローションを突《つ》っこむあたりは一応プロだ。お互《たが》いに顔を見ないまま会計を済ませると、ちょうど矢野もコピーを取り終えたようだった。

「いくらだった？　レシート見せてくれ」

「あ、……あとでいいよ」

焦《あせ》りつつそう答えた瞬間だけ、コンビニの店員がにやっとしたような気がする。たぶん、友人に隠《かく》れてこっそり大人の必需品《ひつじゆひん》を買う、ばかな高校生だと思われただろう。間違《まちが》ってもこれを、この清潔そうな矢野とふたりで使用するなどとは思わないに違いない。

なんだかすこしおかしくて、そしてすこしせつなくて、宇佐見はくすっと笑ってしまった。

「なに、笑ってるんだ？」

「んん、なんでもないよ」

セックスをするようになってから、矢野にこの手のものを買わせたことだけはない。なんとなく、それだけはさせてはいけない気がしていた。そしていつも宇佐見が用意しているから、彼はなんとなくそれを習慣のように受け入れている。

（こういうのは、おれがぜんぶするから）

宇佐見は矢野に、この手の準備で覚えるひんやりした気まずさや、うしろめたい羞恥《しゅうち》などを、感じる機会を与《あた》えたくなかった。その瞬間、正気づいた彼が冷めてしまわないかと、そんな怖《こわ》さもあったからだ。

そんな程度のことだけでも、してあげられるなにかがあれば、宇佐見は満足だった。

＊　＊　＊

矢野の家は宇佐見に同じく、住宅街の一軒家《いっけんや》だ。このあたりは新興住宅地だったため、同じような造りの家が多いのだが、昔から代々住まう彼のうちはいささか古めかしい。だが、きちんと手入れされたそこは、いつでも居心地《いごこち》のいい空間だった。

「あら葉くん。よく来たわね」

「こんにちは、おばさん」

中学のときには年中遊びに来ていたため、とくにかまわれることもなく「あがって」と言われる。気さくな矢野の母親と、宇佐見の母も仲がよく、いわゆるご近所づきあいをしている。

「勉強するから、ほっといてくれていい」

「智彦。愛想のないこと言わないで、お茶くらいは持っていきなさい」

「あ、自分で買ってきたから、気を遣わなくてもいいです」

彼女は口数の少ない息子《むすこ》に呆《あき》れた声を出す。宇佐見はとりなすようにコンビニの袋《ふくろ》をかかげ、
そのあとしまったと顔をしかめた。

「あ、おばさんにもプリン買ってくればよかった」

「あらら。それこそ気を遣わなくてもいいのよ」

気がきかないとしょげた宇佐見に微笑《ほほえ》ましそうに笑って、ごゆっくり、と告げた母親を無視するように、矢野はさっさと二階の自室に向かう。

「宇佐見、ほら早く」

「はあい。あ、じゃあおじゃましまーす」

ぺこっと頭をさげ、足音しか聞こえなくなった矢野のあとに続いた。

彼の部屋は和室なのだが、入り口だけは横開きのふすまではなくドアになっている。数年前改装したときに、そこだけ直したのだそうだ。

「トモ、しよう」

ドアを閉めた瞬間、宇佐見は素早《すば》く彼にキスをした。目を丸くしたあと矢野は「こら」と睨《にら》んできたけれど、もう我慢《がまん》できないと濡《ぬ》れた目で訴《うった》える。

「おい、やばいだろ」

正直言って、こんなふうにふたりきりになるのはまたもや数週間ぶりだった。階下には矢野の家族がいるけれど、ぱたんと閉じたドアが世界と自分たちを遮断《しゃだん》したように思えて、宇佐見はもう我慢ができなくなってしまった。

「ばれないように、静かにするから」

平気だよ、と言って宇佐見は学生服のボタンをはずす。ますます矢野は眉《まゆ》をひそめるけれど、もう苦しくてしかたない。

手にしていたコンビニの袋と鞄《かばん》は、たしなめたくせに矢野の手が奪《うば》った。腰《こし》を抱《だ》かれると大きな手のひらの感触《かんしょく》だけでじんとして、キスをしたまましゃがみこむ。

「帰り道から、したかったんだもん」

「おまえ、あんなとこで言うなよ」

困るというくせに、矢野の手はだんだん下がって尻《しり》のあたりを軽く撫《な》でている。清潔でまじめそうな顔をして、けっこう手が早い彼氏に宇佐見は震《ふる》えて訴えた。

「だって、だって、春休みもずっとトモ、練習ばっかで」

「それは、悪かったけど」

前ほど、顔も見られないわけじゃない。けれど触《ふ》れあいは足りなくて、そばにいるのになにもできないというジレンマが、宇佐見のたがをはずしてしまう。

「でもまずいだろ、するのは」

「じゃあ触《さわ》って……？　触りっこだけ、して」

矢野と違って宇佐見の学生服の中身はTシャツだ。たくしあげるまでもなく、厚ぼったい上着を開くとそこにはつんと尖《とが》った乳首《ちくび》が見えてしまう。

（おれ、やらしすぎんのかな）

なにもされないのにこんなになっている。やわらかな布地を押し上げた小さな突起《とっき》に羞《は》じらうと、矢野の大きな手のひらがシャツをめくって薄《うす》い腹部に触れた。

「ふっ……」

竹刀《しない》だこの硬化《こうか》した手のひらは、ざらざらで硬《かた》い。そっと腹をさするようにされながら目を覗《のぞ》きこまれ、宇佐見は息をついて背後のドアにもたれた。

「宇佐見、なんでこんなに腹、やわらかいんだ？」

「と……トモが、硬すぎ、んだよ」

若く健康な男子なりに、必要なぶんの筋肉くらいはついている。けれど矢野のように、筋肉の上になめし革《がわ》をかぶせたような力強さはなく、触れられるとその違いは歴然だ。

ふにゃりとした自分の肌《はだ》は、ときどき女の子にも羨《うらや》ましがられる。宇佐見のもっとも親しい女友達の秋月百合《あきづきゆり》などは、たまにほっぺたを引っぱりながら「憎《にく》らしい」というのだ。

──肉質ってあるのよね、もうそれはお手入れの問題じゃなくて……。宇佐見くん、もちもちなんだもん。ああむかつく。

あたしは硬いのよっ、と怒《いか》り半分冗談《じょうだん》半分でほっぺたを餅《もち》のようにこねまわされ、やめてくれと言ったらこれも美容に必要なマッサージだといじり倒《たお》された。

「あう、あ」

へそのくぼみを指のさきでくすぐられる。小さいころ、おへそをいじるとお腹《なか》を壊《こわ》すと親に言われたものだが、もともと窪《くぼ》んだそこは周囲に比べて内臓に近いらしい。そのせいか、矢野の硬い指が触れると一瞬《いっしゅん》だけぞくっとする。

「そこ、や」

「どこならいい？」

知っているくせに訊《き》いたな、と宇佐見は涙目《なみだめ》で睨んだ。矢野の目は睨むように真剣《しんけん》で、声も卑猥《ひわい》な感じはしないけれど、それだけに恥《は》ずかしかった。

「乳首も、触って」

胸、というより矢野はこの直接的な物言いが好きだと、もう知っている。ふっと息をついて肩《かた》に顔を埋《うず》めてきた彼が、首筋を軽く嚙《か》んでそこに触った。

矢野は興奮してくると、宇佐見の首のにおいを嗅《か》いで嚙みつくのがクセだと最近わかった。ずいぶんそういうところは動物っぽいなあと思う。

「あ……」

びくんと跳《は》ねて大きな身体《からだ》にしがみつくと、相手の制服のカラーが少し痛い。

「トモ、これ痛い」

「上だけ脱《ぬ》ぐか？」

うん、とうなずいて矢野が上着を脱ぐと、宇佐見はカッターシャツのボタンに手をかけて下から順にはずしていく。前を開くと硬く縒《よ》りあわせたような筋肉があらわになり、思わずこくんと息を吞《の》んだ。

(うう、かっこいい)

きれいな身体だなあと思う。自分に絵心があったり写真の才能でもあれば、写し取ってずっと保存しておきたいほど、無駄《むだ》のない矢野の肉体はうつくしくさえある。

手のひらを胸に押し当てた。とんとんと軽いリズムを刻む心臓は、まだそんなに乱れていない。自分はもう破裂《はれつ》しそうなのにずるいと思って撫でまわしていると、喉《のど》の奥で矢野が唸《うな》った。

「あっ」

「これ以上脱ぐとまずい。……もういいか？」

抱きしめられ、裸《はだか》の胸を合わせると、蒸《む》れたような体温がお互《たが》いに伝わる。低い声が耳元でして、早くしないとまずいと急《せ》かすそれだけで感じた。

「うん、いい」

ボトムを下ろして、汚《よご》さないようにタオルをそばに置いて、またキスをする。舌のさきを軽く歯で噛まれ、口腔《こうこう》で吸うようにされると、ぴくん、と下腹部が疼《うず》いてきた。

本当はもっとじりじり感じたいし触ってほしい。けれどいつ矢野の母親が現れるかわからない状況《じょうきょう》で、悠長《ゆうちょう》なことを言っていられない。

「ゴム、つける？」

いれることをしなくても、家で触れあうときにはお互いにそれをつけるようにしている。一度、シーツに派手に飛び散ったとき、始末におおわらわだったことがあって以来の習慣だ。

「あ、でも」

「買ってきたから、さっき」

いつのまに、と目を瞠《みは》る彼に笑って、新品の封《ふう》を切った宇佐見はいそいそとそれを手にした。

「つけたげる、トモの」

「いいよべつに」

「また破くかもしんないだろ」

いいから、と宇佐見は矢野の手からそれを奪った。基本的には手先の器用な彼だが、力強く硬化している指先のせいか、この手のデリケートなものは破ってしまうことがあったのだ。破らないように気をつけつつ、そろっと被《かぶ》せるだけで、さらに硬く膨《ふく》らんでいく。ちなみにお返しされると困るので、自分のはとっくに装着済みだった。

「一緒《いっしょ》に、しよ」

「ん……」

熱っぽく頭をもたげたそれを、互いの手で触りあう。ひさしぶりだったので、すぐに反応した。ゼリーつきのそれにつつまれたせいで、音がくちゃくちゃと聞こえる。矢野のもう片方の手は宇佐見の胸をこねまわし、宇佐見のほうは矢野の腰に腕《うで》を回す。

「ね、ねえ、くっつけて、こすろ……っ？」

「やばくないか」

「だって、こんなんじゃ……っ」

足りなくて疼くのは、腰の奥。腰の下にタオルを敷《し》いて曲げた脚《あし》をうまく絡《から》みあわせ、宇佐見は火照《ほて》った場所を彼のそれに押しつける。

「こ、こっち、してるから……トモ」

「わかった」

伏《ふ》せた目でねだると、するりと両手で尻を包まれる。声を出せないからひくっと震えた宇佐見は、ふたりぶんの性器をこすりながらじりじりした気分を味わった。

（あ。ローション塗《ぬ》ってる）

とろりと垂らされたそれを入り口に塗りつけられ、丸く指の腹でこすられる。ぞくっとしながら腰《こし》を揺《ゆ》らめかせ、じわじわと奥に進んでくるそれを宇佐見はまった。

「ふ、く——……っ」

つぷんとひとつ、入ってくる。声をあげそうになって、広い肩に額をつけながらとっさに唇《くちびる》を噛むと、矢野が耳を噛んでキスを促《うなが》してきた。

「ん、んんっ、んんっ」

舌を絡《から》めながら、ぬうっと奥に入る指を感じる。硬くて長いそれがすぐに宇佐見の弱みを探《さぐ》り当て、ぬるぬるしたものを塗りつけるように動きだした。

（あ、すごい）

そこを触《さわ》られると、脳に痺《しび》れが走る。時間がないため焦《じ》らす気もないのだろう、的確に抉《えぐ》ってくる指先に感じて、宇佐見は両手に握《にぎ》りしめたそれをしごきながら、腰を揺らした。

じんわり、目が潤《うる》んでくる。頭のうしろがぼうっとして、息がせわしなく切れていく。心臓が苦しくてせつなくて、額を広い胸につけると意味もなくかぶりを振《ふ》った。

「痛くないか？」

「いい、きもちいい……もっと、ぐりぐり」

して、と告げる声はまたキスに飲みこまれる。重ね合わせたそれの先端《せんたん》をゴム越《ご》しに引っ掻《か》くようにいじると、矢野の腰がびくんと跳ねた。

「くそ……」

は、と短い息をついた彼の額に、薄く汗《あせ》が滲《にじ》んでいる。興奮しているのは自分だけではないと知れて、それだけでも宇佐見は嬉《うれ》しかった。なのに、呻《うめ》くような声で「いれたい」と焦れったそうに矢野が言うから、のぼりつめそうになってしまう。

「おれ、おれだって、いれてほしい」

経験を積んでしまった身体は、挿入《そうにゅう》されないともう、物足りない。むずむずして苦しいと半べそで訴《うった》えるけれど、矢野はだめだとかぶりを振った。

「俺が我慢《がまん》してるんだから、宇佐見も我慢しろよ」

どういう理屈《りくつ》かよくわからない。そう思いながら、気を逸《そ》らすように激しくうしろをかき乱されて、宇佐見は「ひっ」と息を呑んだ。

「ああ、やだやだ、いっちゃう、いっちゃ……っ、で、出ちゃう」

「いって……出せよ」

「あ、トモっ……トモ、いれて、もっと指いれて、あっ、ん！」

もどかしさを強引《ごういん》に性感に変えて、宇佐見は熱を解放した。射精するときには矢野の両手の指が三本入っていて、ごつごつしたそれを思いきり、ぎゅうっとしめつけながら出した。

「あ……ん」

ぴくん、ぴくんと不規則に身体《からだ》が跳ねると、矢野も小さく呻いたあとに宇佐見の手のなかでそれを解放するのがわかった。こういうときの彼の、無防備でゆるんだ気配は宇佐見のかなり好きな感じで、キスをしようと思ったら、なぜか矢野はさっと身を離《はな》した。

（え……？）

余韻《よいん》に震《ふる》えている身体からも、すぐに指は抜《ぬ》かれてしまう。手近にあったウエットティッシュで手を拭《ぬぐ》った矢野は、さっさと宇佐見と自分の避妊具《ひにんぐ》をはずしてそこも始末した。

「宇佐見も手、拭《ふ》いて」

「え、もう、おしまい……？」

「しょうがないだろ」

これ以上は無理とわかっていたが、宇佐見は恨《うら》みがましく口を尖《とが》らせる。めくりあげられ乱れた衣服から尖ったままの赤い乳首がのぞいている。そこが弾《はず》む心臓にあわせてひくひくしているのが、物欲しげな気がして恥《は》ずかしかった。

なにより、すぐに身体を離されてしまったこともいやだった。射精して、すうっと冷えていくこのいやな感じが宇佐見はきらいなのだ。

（なんか、すごく怖《こわ》くなる）

少しでも触《ふ》れることを拒否《きよひ》されると、まるで矢野に悪いことを強《し》いているような気分になって、うしろめたいし、気まずい。矢野と抱《だ》き合うのが嬉しければ嬉しいほど、快楽に高揚《こうよう》した身体が火照っているほどに、その居心地《いごこち》の悪さは強くなる。

「ほら宇佐見、服、ちゃんと——」

涙目《なみだめ》のまま拗《す》ねた顔でじっと睨《にら》むと、矢野は言葉を切って困った顔をする。

「しょうがないだろ、下にいるんだから」

「じゃあ、いっこだけリクエスト聞いて」

「なんだ？」

動く様子もない宇佐見のシャツに手をかけ、衣服を整えようとした彼は、もういつもの涼《すず》しい顔だ。ずるい、と唇を噛《か》んで、宇佐見はじんじんする胸のさきを指さした。

「ここ、キスして」

「な……」

「うんと、やらしいのして。……そんで、噛んで、痕《あと》つけて」

これ以上しないなら、それくらいしてくれ。絶句した矢野にそう告げると、彼は硬直《こうちょく》したまま赤くなっている。

「う、宇佐見、あのなあ」

「うち帰ってから、それ見て自分でするから、つけてっ」

あげくだだっ子のように手足をじたばたさせてせがむと、矢野はなんとも微妙《びみょう》な顔になる。

「おまえ、ときどきとんでもないこと言うな」

「トモが半端《はんぱ》なことするからじゃんっ」

宇佐見はずり落ちたボトムから、まだ汗ばんだ脚も尻《しり》も丸見えのままだ。対して矢野は、シャツのボタンがまだ留まりきっていない以外はいつものとおりで、その温度差がひどく悔《くや》しい。

「どうせ、やらしいのおればっかだよ。……もっと、いちゃいちゃとかしたいのに」

なんだかだんだんしょんぼりしてきて、膝《ひざ》を抱《かか》えて丸くなる。

（あほみたい）

相手だけ冷静になられていると、こういうことは本当にいたたまれない。だだをこねたあとの沈黙《ちんもく》が怖くて、宇佐見はますます身を丸めた。

「宇佐見、ちゃんと服着て」

膝に顔を埋《うず》めていると、怒《おこ》ったような矢野の声がした。びくっと肩《かた》を震わせ、もそもそとみっともないことになっている下衣を引き上げようと、うつむいたまま膝立ちになった瞬間《しゅんかん》だ。

「……えっ？」

ぐいっと腕を摑《つか》まれて、畳《たたみ》の上に倒《たお》される。反転した視界に、いったいなにがと思っていると、階下からは「暴れないのよ！」という矢野の母の声がした。

「トモ……？」

「黙《だま》って」

押し倒したくせに、矢野の長い指がずり落ちたままのボトムと下着にかかり、強引に着せられてしまった。ますますどうしたいのかわからなくて眉《まゆ》を寄せると、彼はむっとしたような顔でいきなり乳首をつねった。

「いたっ」

「痕はつけないぞ。体育あるから。あと声、出すなよ」

「えっ……え、あ？」

そのままぺろりと、赤く腫《は》れたようなそこを舐《な》められる。ひくんと腰が跳《は》ねたけれど、押さえつけるようにされて動けない。

「ん、ん、……んっ、や、いた、い」

「拷問《ごうもん》だ」

ぼそりと呟《つぶや》かれて、苛立《いらだ》っている声も肌《はだ》に痛い。胸を吸ってくる矢野の唇《くちびる》はいつになく乱暴で、ときどき本当に痛いくらい歯を立てられた。

「いきなり誘《さそ》われたって、家じゃどうしようもないのはわかってるだろ」

苛立ちを含《ふく》んだような声に、矢野もまた中途半端《ちゅうとはんぱ》な触れあいに満足していないとわかる。少しだけほっとした宇佐見は、甘えたような声を出す。

「じゃ、じゃあ、ホテルとか」

「だめだ。ああいうところ、好きじゃない」

前から再三、家では無理だというならその手の施設《しせつ》を使ったらどうなんだと宇佐見はおねだりしている。だが頭の固い彼氏は即時却下《そくじきゃっか》するばかりで、どうにもチャンスがないままだ。

「頼《たの》むから、あんまり煽《あお》るな」

「ん……！」

咎《とが》めるようにきつく吸われて、真っ赤になった乳首《ちくび》が解放された。濡《ぬ》れた唇をぺろりと舐めた矢野は、苦しそうな顔で唇を求めてくる。

「俺だって、きつい」

「ごめん」

複雑そうに呟かれると、謝るしかなくなる。いまのでふたたび身体のなかがもやもやしていたけれども、丁寧《ていねい》にシャツをおろされて抱き起こされては、もうなにも言えなかった。

「ほら、そっちも教科書出せ」

「ん……」

窓を開けて軽く換気《かんき》をしたあと、矢野はまるでなにもなかったような顔で乱れた制服を脱《ぬ》ぎ、部屋着のTシャツを身につけた。さっきまで軽く汗《あせ》ばんでいたせいで、少し皺《しわ》のよったシャツは丁寧にたたまれて部屋の隅《すみ》。

「年度明けの小テストでこけたの、なんだ」

「う、数学」

理数系が不得意な宇佐見は、口ごもりながら苦手教科のテキストとノートを取りだす。

「これ、とこれがわかんなかった」

「ん？」

授業中、いくら言われてもわからなかった数式のあたりを指さすと、矢野はノートを眺《なが》めて小さくため息をつく。

「わかんないもなにも……おまえ、寝《ね》ただろうここ」

「う、ばれた……」

こつんと額を小突《こづ》かれ「ばればれだ」と矢野が指さすのは、文字が途中でのたうっている部分だ。あきらかに睡魔《すいま》に襲《おそ》われているとわかるそれに、彼は眉をひそめる。

「あのな。数学、おまえの担任の有賀先生だろ。授業ちゃんと聞いてれば、あのひとのわかりやすいし、点取りしやすい方法論を盛りこんでるはずだぞ」

まったく同じ説教を、別件でも有賀に喰《く》らったことのある宇佐見は「うう」と唸《うな》って肩をすくめた。

「同じ説明するから、ちゃんとノート取って。それで帰ったら復習しとけ」

「はあい」

ちなみに特進の矢野は、この数式と同じものをなんと一年時の三学期には履修《りしゅう》していたそうだ。当時、有賀が授業でやった説明は頭にあるそうだとかで、そのままをそらんじる彼の記憶《きおく》力には舌を巻くしかない。

低い落ち着いた声を必死にノートに書きとめながら、宇佐見はふと思ったことを口にした。

「トモが先生ならいいのになあ」

「ん？　なんだよ急に」

「だって教えるのうまいじゃん」

「べつにそんなことないだろう。覚えたことそのまま言ってるだけだ」

たしかに有賀の説明したことと、矢野がいま言っていることは似ている気がするが、矢野のほうがもう少し丁寧でわかりやすい気がした。むろんそこには、好きな相手の声を聞き逃《のが》したくないという宇佐見のやや乙女《おとめ》チックな気分も含まれてはいるが、そこはさておき。

「や。だっておまえ、なんだかんだ面倒見《めんどうみ》いいじゃん」

「そうか？」

愛想はないしやや強面《こわもて》に見られがちだが、道場の子どもたちや後輩《こうはい》らにはひどく慕《した》われているのを宇佐見は知っている。

本人はあまりひとにうち解けられないタイプだと思いこんでいるけれど、矢野の安定して落ち着いた、分け隔《へだ》てなく公平な性格は、同年代にはライバル視されても、年下には尊敬に値《あたい》すると好まれるはずだ。

だから、なんだかんだと同窓会の幹事を頼まれたり、道場での稽古《けいこ》づけを頼まれたりしてしまうのだろう。

「おれみたいなばかには助かるよ。物わかり悪いけど、あきらめないでくれるし、根気強いし。そゆとこ、ダイスキ」

へへっと笑いながら言うと、矢野はまた眉をひそめる。さっきと同じような顔だけれど、これは照れているときの顔だ。数ミリ単位で眉の角度が違《ちが》うから宇佐見にはわかる。

案の定、目を眇《すが》めた彼はむすっとしたまま、長い指でテキストのある一問をとんと叩《たた》いた。

「次、ここ解いてみて」

「あ、うそ、まだわかんないよっ」

「いま説明したことだから。ノート見ながらでいいからやってみろ」

うにゅ、と口元を歪《ゆが》めつつも宇佐見は問題に取っ組みあう。甘いことを言ってくれと思っても、この堅物《かたぶつ》くんはなかなか思うとおりにはいかないのだ。そのぶん宇佐見が好き好き言いすぎなのかもしれないが、十分の一も返してくれることはない。

(まあでも、トモのおかげでおれ、予備校とか行かなくてすんでんだよな)

昨年秋のおつきあい開始から、宇佐見は夜遊びもやめ、時間を見つけては矢野に勉強を見てもらっていた。それは頭の固い彼氏をデートに誘う唯一《ゆいいつ》の口実のようなものだったけれど、好きな相手にばかだと思われたくないのと、矢野の説明が非常に丁寧なおかげで、成績はかなり向上した。

おかげで有賀や親には「受験に臨《のぞ》むには態度が暢気《のんき》すぎる」と咎められる以外には、さほどのお叱《しか》りも受けない。二年の初期には遊びがすぎて赤点を取ったこともあっただけに、めざましい進歩でもあるのだ。

あとは、へたに予備校通いなどさせられて矢野と会う時間をこれ以上減らしたくないという必死の思惑《おもわく》もあって、ここ数年になく宇佐見はまじめに勉強している。

(これも恋《こい》のチカラかなー)

わりとそんな自分は嫌《きら》いじゃない。きちんとやれば矢野に褒《ほ》めてもらえるというだけではなく、宇佐見は宇佐見なりの思惑もあって努力している。

(宇佐見なんかが一緒《いっしょ》にいるなんて、とか……言われたら、やだし)

なんだ、知りあいなのかと意外そうに見られるたび、つきんと胸の奥が痛い。

なにもかも特別級の彼の横にいて、見劣《みおと》りするのはあきらめるにしても、せめて恥《はじ》をかかせない自分でいたいなあと思うのだ。

(つきあうって、むずかしいや)

一緒にいること、ふたりでいることはとても嬉《うれ》しいし楽しいのに、世界はふたりだけのものではないから、たくさんの面倒《めんどう》がくっついてくる。

受験だったり、ひとの目だったり、なんとなくアンバランスな自分たちが、ただじゃれあっているだけではいられないのだと、ことあるごとに教えられる。

痛む胸のなかにあるものが、ただ純粋《じゅんすい》な恋のせつなさだけであればいいのに——混じりこむ不純物はあまりに多くて、単純な宇佐見でさえも少しずつ、屈折《くっせつ》してしまいそうだ。

(でもこれも、考えなきゃいけないこと、なのかなあ)

ちらりと目をあげてみると、矢野は矢野で自分の勉強に集中していた。相変わらず、設問にかかるといっさいの雑音を遮断《しゃだん》する彼は、自分でその集中をほどくまではどんな物音を立てようとなにをしていようと、こちらに気づくことはない。

伏《ふ》せると、意外に長い睫毛《まつげ》。男らしくすっきりした鼻筋に、意志の強そうな唇《くちびる》。じっと見ているとまた喉《のど》が渇《かわ》いて、キスがしたくて胸が騒《さわ》いだ。

矢野は視線にも気づかず、ぱらぱらと英語の辞書をめくっている。和英でも英和でもなく、英英だというあたりが、同じ高校でも宇佐見と矢野のレベルの違いを思い知らせるものだが、宇佐見が思わず呻《うめ》いたのはそんな理由ではなかった。

「うっ……」

声に出さないまま、英英辞書の例文を読みあげていた矢野が、ふっと息をつくと唇をぺろりと舐《な》めた。じっとそこを凝視《ぎょうし》していた宇佐見の腰《こし》にはどかんと来て、思わず机に突《つ》っ伏《ぷ》してしまう。

「なんだ? 宇佐見」

「なんでもないですう」

さっきあの唇で吸われた胸がじんじん痛い。解きかけだった問題も頭から吹《ふ》っ飛んで、ああこんなんじゃまた呆《あき》れられてしまうと宇佐見はシャープペンの尻《しり》をがじがじ噛《か》んだ。

「わからないなら、すぐ訊《き》けよ」

「ん、だいじょぶ。なんでもない」

キスしたいキスしたいしたいったらしたい。けれどそんなことを言えるわけもなく、へらりと笑ってごまかした。矢野はなぜかその笑《え》みに、一瞬《いっしゅん》だけ探《さぐ》るような目を向けて、そのあと眉《まゆ》をよせる。

(あ、変なこと考えたの、ばれたのかな)

真っ黒な目には、やましい気分も見透《みす》かされそうで怖《こわ》い。慌《あわ》ててうつむき、形ばかり問題に取り組むと、小さくため息をついただけで矢野はなにも言わなかった。

沈黙《ちんもく》が、ひやっとした感じで鳩尾《みぞおち》に落ちる。好きなひとのため息は、ときどき凶器《きょうき》のように胸をさす。ことに、意図のわからない場合には。

ちゃんとしないと、と宇佐見はため息を呑《の》みこんだ。

(がんばんなきゃ。変なことばっかりだって、思われたらやだ)

ひとに見られて恥《は》ずかしくない自分になる前に、矢野に見捨てられてはしょうがない。

頭がよくて無駄《むだ》がきらいで、自分に必要のないと判断したものはあっさり切り捨てていく矢野が、きちんとこうしてくれているうちに、宇佐見はもっとがんばらないといけないのだ。

そうしてやっと集中した宇佐見だったが——目を伏せて数式を解く自分の口元を、無言の彼氏が同じような目で見ていることにはまったく、気づかなかった。


自意識の激しい青年期には、ささやかなことでいっぱしの大人に近づいた気分になる。

同時になにひとつ道理のわからない子どもだという、苦いような甘いような自覚もある。

迫《せま》り来る時間に追われ、甘くやわらかい綿菓子《わたがし》のような恋愛《れんあい》を煮《に》つめてしまったらと思うと宇佐見は怖い。

砂糖を煮たカラメルのように、うまくそれが変われればいい。

けれど加減がわからず焦《こ》げついて固まって、苦い黒いなにかに変わらないとも言いきれない。

強すぎる自意識と若さゆえのこらえ性《しょう》のなさが、大事な恋の相手を追いつめることだっていくらもあると、知っているのだ。

中途半端《ちゅうとはんぱ》な青い季節は振《ふ》り返ると一瞬で、悩《なや》み自体があまりにささやかにすぎることもある。

けれどそれに気づくこともなく、いまは宇佐見も矢野も、恋と青春のまっただなかにいた。

＊　　＊　　＊

週明け、さんざん有賀に尻を叩かれた宇佐見は、どうにか親とも話し合い、いまの成績と家計の無理のない範疇《はんちゅう》で私立大学の推薦枠《すいせんわく》を希望として書いた。

そして矢野の大学進学先については、結局問いかけることはできないままだ。以前であればきっと無邪気《むじゃき》に、「トモはどこの大学行くの」などと問えていたはずなのに、最近はどうにもさきのことを考えるのが怖くてしかたない。

(なんでかな)

最近の宇佐見はちょっと臆病《おくびょう》だ。そしてナーバスになりやすい。これもいわゆる受験生の気分というやつだろうか。

(おれは、これで、本当にいいのかな?)

進路希望調査票を手に、宇佐見はきゅっと唇を噛む。無難なあたりを狙《ねら》ったとはいえ、なんとなくで決めたわけではない。さすがに大学受験ともなれば、これでいいのかなと、本当にひさびさに、頭が痛くなるほど悩んで絞《しぼ》ったのだ。

むろん、まだ受験までには相当の日数があるわけで、直前になってまた変更《へんこう》というのも、ないわけではない。けれど受験対策の勉強やなにかを考えると、いまのうちに決めたほうが無駄がないという、周囲の意見もよくわかる。

「とりあえず、怒られる前に出しちゃわないと」

放課後のざわついた校舎、職員室までの道のりを歩きながら、行きたくないなあとため息をつく。すると、廊下《ろうか》の角を曲がったあたりで背後からぽんと肩《かた》を叩《たた》かれた。

「うーさーぴょん」

「ぴょんって。なに、ゆりちゃん」

ひょい、と顔を出したのは、学年一の才媛《さいえん》と名高い秋月だった。相変わらずさらさらの、真っ黒なストレートヘアをなびかせている。

宇佐見の好ましいと思うもののひとつが、この黒髪《くろかみ》ストレートヘアだ。自分が茶髪《ちゃぱつ》の猫《ねこ》っ毛なので、どうあっても得られないそれには無意識の憧《あこが》れがある。

「あのさ。ちょっと訊きたいんだけど、今度の週末とかって暇《ひま》？」

「ん？　いやとくに用事はないけど」

「あはは、よかった。じゃあさ、あたしとデートしない？」

「へ？」

突然《とつぜん》のお誘《さそ》いに、宇佐見は目をまるくした。だが、含《ふく》みもなくあっさりしている彼女の発言に、「デート」というそれが冗談《じょうだん》でしかないとすぐに知れる。

以前から、たまに行くクラブなどで見かけたこともあり、なんとなく夜遊び仲間のようになって親しくはなったが、だが、こんなふうに個人的に誘いをかけられたのははじめてだ。

「いいけど、急にどしたの？」

「うーん、なんか最近、つまんないこと多くてさ」

ふっと目を伏せた秋月は、長い髪を指先でもてあそんだ。シャドウなどのせなくても青みのある瞼《まぶた》に翳《かげ》りを見つけて、宇佐見はほんの少し眉を寄せる。

問いかけはしなかったけれど、なにかあったのかと目顔で問う宇佐見に、秋月は力なく笑ってみせた。

「たいしたことじゃないんだけどさ。なんか、ぱあっと気晴らししたいの」

ぽつんと呟《つぶや》くそれは、少しもたいしたことがないと思えなかった。なんだか傷ついたような、寂《さび》しそうな表情に、宇佐見までせつない気分になる。

「ほかの子誘ってもいいんだけど、ちょっといま、男関係パスしたいし。でも女子もちょっと面倒《めんどう》かなあって感じで」

なんとなく、ニュアンスとして夜遊びに行きたいのはわかった。しかしへたな男を誘うと、セックスこみになりかねないのが鬱陶《うっとう》しい、というところなのだろう。だが、あっさり除外されるのも複雑で、宇佐見は苦笑《くしょう》しながら言う。

「おれ、一応男だよ？」

「そうなんだけど、ウサってそのへん、がつがつしてないじゃない。それに、本命いるの知ってるもん」

「あー、まあねえ」

だいぶ以前、クラブで会ったときに、宇佐見には本気の相手がいるらしいことはばれている。

だがそれが、よもや矢野だということまでは気づいてもいないだろう。

（ほんと、変な巡《めぐ》り合わせだなあ）

彼女は以前、矢野に堂々告白したことがあった。それをきっかけにして宇佐見は矢野と気持ちを通わせることができたという、秋月の知らない事実に、ほんのすこしだけいつも、うしろめたい。そのせいか、常から女性に対してやわらかい物腰《ものごし》の宇佐見ながら、秋月にはことさら甘くなってしまう。

（でもなんか、今日のゆりちゃん、ほっとけない）

妙《みょう》な縁で親しくなったけれども、個人的に強気であっさりした秋月を、大事な友人として宇佐見は好ましく思っている。あまり他人に頼《たよ》るタイプではない彼女が、こうもストレートに弱っていると言うからには、なにかあるのだろう。

「いいよ。どこでもつきあう。帰り、ちゃんと送ってあげるから」

「ほんと？　ありがとっ。じゃあ、今度メールするからね」

またね、と笑ってスカートの裾《すそ》をひるがえし、秋月は去っていく。そのうしろ姿を見送ったあと、はたと宇佐見は気づいた。

（あ、やばっ。クラブ、行かないってトモに言っちゃったのに）

いまさら気づいても遅《おそ》いけれど、どうしたものか。しかし、いまさら秋月にいまのはなし、とも言えない。

こういうとき、考えなしだなあと自分にがっかりする。いつでも、勢いまかせで行動して、あとになって落ちこんだり後悔《こうかい》したり、そのくりかえしばかりだ。

「う、と。こんなことしてる場合じゃないや」

ともかくこれを提出せねばと、宇佐見は足早に職員室に向かった。

どんな学生でも同じだろうが、職員室というのはやたらに敷居《しきい》が高い。べつに悪いことをしているわけでもないのに、妙に緊張《きんちょう》しながら引き戸に手をかけた。

「失礼しまあーす」

「あれ王子。なんか用かい？」

入り口そばで、けろっとそう言ってきたのは英語担当の女教師、村田《むらた》だ。さばさばした気性《きしょう》の彼女は茶をすすりながら「おいでおいで」と手招いた。

「王子やめてくださいよ。有賀センセーに、コレ持ってくるようにって言われたんすけど」

ぺろんとA5サイズの進路希望調査票を見せると、村田は眼鏡《めがね》越しの目を大きく瞠《みは》った。

「あんたまだ出してなかったの？　ばっかだねえ。こんなもん適当にちゃちゃーと書きなさい」

「いでっ！　適当にできないから悩んだんでしょ！」

べしっと手にした日誌で尻《しり》を叩かれて、宇佐見は苦笑した。

三十代なかばの、よく見ればけっこうな美人なのだが、常にひっつめ髪《がみ》にジーンズ姿で、色気がないことこのうえない。じつは二児の母という話だが、こんな調子で子育てしているのならさぞかし逞《たくま》しい子に育つだろう。

「っとに、王子はそんな顔して意外とまじめなんだから」

「意外とっていうのもアレなんですけど、王子も顔も関係ないっしょ。ねえセンセー、これ有賀センセーに……だから痛いって！」

「甘えるな、若者。提出は自分でしなさい。そんできっちり叱《しか》られな」

また尻を叩かれて、ぶうっと宇佐見は口を尖《とが》らせる。

「いま有賀先生は校長に呼ばれてるから、少しそこで待ってなさい」

「はあぁぁあーい」

だらしない返事をすると、口元だけ笑わせた村田がまた日誌を振《ふ》りあげるのがわかったので、宇佐見は速攻《そっこう》で飛び退《の》いた。

（身の置き所がありません、センセイ）

いっそ有賀の机の上に置いて帰ろうかと思ったのだが、直接渡《わた》せと言った村田が目を光らせているのでそれもできない。

ぼんやりと立ちすくんだまま、所在なく脚《あし》をもぞつかせていた宇佐見だったが、急に大きな笑い声が聞こえてびくっとなった。

（な、なんだ？）

「いやいやどうも、ご足労いただきまして」

「いえいえ。こちらこそお時間取らせました」

胴間声《どうまごえ》が響《ひび》いたあと、職員室の隅《すみ》にある指導室のドアが開いた。出てきたのはその太い声の主、剣道《けんどう》部の顧問《こもん》である内藤と、特進の担任教師、そして見たこともない大人がふたりだ。

雰囲気《ふんいき》でしかないが、教育関係者であることだけはわかる。誰《だれ》だろう——と見るともなしに眺《なが》めていると、その見覚えのない大人のかたわれが、宇佐見の耳にはけっして聞き逃《のが》すことのできない名前を口にした。

「では、この件は是非《ぜひ》、矢野くんに。内藤さんと先生からも、お口添《くちぞ》えをお願いします」

「まあ、まずは本人から前向きな返事をもらわないことにはなんとも……ですが、熱意あるお言葉、ありがとうございました」

いったい矢野に、なんの口添えをするのか。会話の意味はまったくわからないながら、なぜか胸騒《むなさわ》ぎを覚えた宇佐見は、ついその大人たちを凝視《ぎょうし》してしまった。

「それでは、これから部のほうにどうぞ。いま稽古《けいこ》中ですので」

こちらに、と機嫌《きげん》よく笑いながら客を先導する内藤が、宇佐見のいる出入り口方面へと向かってくる。慌《あわ》てて身体《からだ》をよじり、道をあけてぺこりと頭を下げた宇佐見に、相手は鷹揚《おうよう》に会釈《えしゃく》した。

堂々とした体軀《たいく》の、四十絡《しじゅうがら》みの男は、ひどく姿勢がいい。そしてただ体格がいいだけではなく迫力《はくりょく》があり、その気配をどこかで見たような気がすると宇佐見は思った。

（なんだろ、あの雰囲気って……、あっ？）

思い当たる節を考えつくより早く、にこやかに笑う内藤の手にある封筒《ふうとう》を見て、宇佐見は凍《こお》りつく。

A4くらいの大きさの茶封筒《ちゃぶうとう》には、大学名とそのロゴらしいものが記されていた。その一部が内藤の太い腕《うで》に隠《かく》されてはいたけれども、『鹿児島《かごしま》』という県名はひどくはっきりと脳裏《のうり》に焼きつけられる。

「せ、センセイ、いまの、誰？」

いやな予感がして、よろよろと村田に近より問いかけると、村田は授業要項《ようこう》らしいものを書きつけながら「んー？」と生返事をした。

「誰って、ああ。たしか鹿児島の大学の、剣道部の先生よ」

「か、鹿児島？」

「そう。ほれ、矢野いるでしょ、特進の。あれのスカウトじゃないかね？」

あっさりと言ってのけた村田の前で、宇佐見は青ざめる。だが書類に目を落としたままの彼女は宇佐見の尋常《じんじょう》ではない取り乱しようには気づくこともない。

「まあ、あそこの剣道部はとくに矢野にご執心《しゅうしん》でね。かなり熱心に、二年のころから言ってきてたらしいのよね。ついに様子見ってことなんじゃないかな」

「そんな前から!?」

そんな話は知らない、聞いていない。がんがんと頭が殴《なぐ》られたように痛んで、宇佐見は思わずよろけてしまう。

「あんたねえ、いまはどこも青田買いよ。矢野みたいなスター選手じゃなくたって、どこの大学も少子化で必死なんだから。それこそＡＯ狙《ねら》いで、高校入学と同時にタマ取りに来るなんてざらな話よ？」

村田の呆《あき》れたような声にも、宇佐見はなんの相づちも打てなかった。ただ、よもやの事態に頭が硬直《こうちょく》してしまって、真っ白になってしまう。

「まあ、矢野はあそこだけじゃなく、あっちもこっちもで大変そうだけどね」

「あっちもこっちもって？」

「あんた、あいつの成績知らないことはないでしょ。もう、東大だ京大受けろだって、先生らが血眼《ちまなこ》よ。好きにさせりゃいいのにねえ、本人も疲《つか》れちゃうだろうに、あれじゃあ」

本人が進学する意志があるかどうかはさておき、有名国立大学への『合格者』を増やしたい学校側の思惑《おもわく》に、かなり矢野は振り回されているらしいと、村田は同情混じりに告げた。

「それこそ、二年のときには矢野も剣道やりたいから警察行くだの言ってたくらいなんだから。あたしは学校の面子《メンツ》より、生徒本人の意志を通してやりたいんだけどね」

だが、いささか苦く響く村田の言葉は、宇佐見の頭を素通《すどお》りしていくばかりだ。

（おれ、そんなの知らない。なんにも）

ここしばらく一緒《いっしょ》にすごしたなかで、矢野がそんな面倒《めんどう》なことになっているなどと聞かされもしなかった。それに本人もなんら悩《なや》んだ様子も見えず、だからこそどこの大学に進むのか気になってはいたけれど——自分のことで手一杯《いっぱい》で、なにひとつ問いかけることもしなかった。

そして、なにより宇佐見を打ちのめしたのは、村田の次の言葉だった。

「といっても、あれの成績ならどこだろうとかまわないだろうけど。まあ、さっきの面子なんかは、前年度の全日本優勝大学だしねえ。矢野も剣道ばかだから、まんざらじゃないんじゃないかねえ？　体育大ってことだけど、まあ学業的な方面も悪くないし、公立だしね」

「剣道……強い、んだ」

「そりゃ。薩摩《さつま》隼人《はやと》の地だもの。九州は剣道王国だしねえ」

いよいよ目の前が真っ暗になって、宇佐見はその場に立ちすくんだ。

かつて矢野が警察官になりたいという本当の理由を聞いたとき、宇佐見は呆れたことがある。仕事をしながら剣道の稽古を、心ゆくまで続けられるのは、警察くらいだから。あのあっさりと涼《すず》しげな顔のまま、矢野は言ってのけたのだ。

——竹刀《しない》振っていられれば、俺はそれでいいし。

小さなころから続けた剣道さえできれば、進路も出世もどうでもいいと言いきった。

そんな矢野に、剣道の強豪《きょうごう》大学からの誘《さそ》いがどういう意味を持つのかなど、考えるまでもない。そして、どうしてそんなことにも気づかなかったのかと、宇佐見は呆然《ぼうぜん》と目を瞠る。

「お、宇佐見。やっと提出しに来たか」

宇佐見がフリーズしていると、ようやく有賀が職員室に戻《もど》ってきた。ほとんど反射だけでそちらに顔を向け、進路希望調査票を提出すると、担任は「まあ、無難なとこだな」と微妙《びみょう》な顔で受けとった。

「もう少し踏《ふ》ん張ってみてもいいとは思うが、とりあえずこれでいいんだな？」

「はい……」

「前から、なんとなくこのへん、とは言ってたからな。じゃあ、推薦枠《すいせんわく》、狙うんだな？」

「はい、できれば」

妙にしおらしい宇佐見に、反省していると思ったのだろう。今日の有賀はくどくどしたことを口にはせず、帰ってよろしいと言った。

失礼しますと、言ったかどうかわからない。気づけば宇佐見は昇降口《しょうこうぐち》を抜《ぬ》け、竹刀の打突音《だとつおん》も激しい、剣道部の道場前に立ちすくんでいた。

「打ちこみ、はじめえっ！」

内藤のかけ声に、数列になった部員らが、気合いを発しながら鋭《するど》い振りで打ちこみをはじめる。あとじさる受け手がたに面を十回、そのまま逆方向に後進しながら十回、再度前進して最後にすり足で抜けていくという基本練習だ。

「坂下《さかした》、腰《こし》が引けてる！　矢野、つけてやれっ」

「はいっ。主将、お願いしまっす！」

内藤の竹刀で思いきり尻《しり》を叩《たた》かれたのは、まだ一年らしい部員だった。息を切らしたまま矢野へと向き直り、両手に竹刀を持ち、段違《だんちが》いにかまえたそれへと幾度《いくど》か竹刀を打ちこんだあと、姿勢や足の踏みこみを指導されている。

胴《どう》と垂れを装着した矢野は、面をつけてはいなかった。無表情にさえ思えるけれど、熱心に後輩《こうはい》へとなにごとかを告げ、相手がこくこくとうなずいたあとにはほんの少しだけ唇《くちびる》をほころばせる。

「矢野、次、入れっ」

「はい」

道場の端《はし》のほうでは、上級生らが試合形式の練習をしている。ふっと宇佐見が視線をめぐらせると、上座にあたるところにさきほどの大学関係者らが正座しているのが見えた。

うつくしい所作で正座した矢野が手早く面をつけ、ラインの内側に入っていくさまを、大人たちは熱っぽく凝視している。

おそらく、内藤は彼らに見せるために矢野を呼びつけたのだろう。そして、面をつけた矢野が竹刀をかまえた瞬間《しゅんかん》、場内の空気がすうっと熱をあげるのがわかった。

矢野の発した凛《りん》とした気合いが、その場のすべてを支配して、びりびりと肌《はだ》が震《ふる》えた。

「……っ」

それ以上をどうしてか見ていられなくて、宇佐見は顔を背《そむ》けて走りだす。

（なんだこれ）

ひどい混乱と、喪失感《そうしつ》ばかりが宇佐見にまとわりついた。

稽古《けいこ》をする矢野の姿に、かつては恋い焦《こ》がれ、想《おも》いが届かないことに苦しくなったことはある。けれど、こんなにつらい気持ちになったことなど、一度もない。

どんなに無表情に思えても、竹刀を手にした矢野はいつでも、どこか楽しげだった。そして今日も、それは変わらない。

——前年度の全日本優勝大学だしねえ。矢野も剣道《けんどう》ばかだから、まんざらじゃないんじゃないかねえ？

村田の言葉に息が止まったのは、だからだ。矢野はなにより剣道が好きで、そしていつも強くなりたいと思っている。となれば強い大学で稽古もしたいだろうし、誘われたらきっと嬉《うれ》しいに違いない。

（トモ、行きたいのかな。鹿児島、行っちゃうのかな？）

（二年のころから、って村田センセは言ってた。でも、じゃあ、なんで言わないの？　なんでおれはそれ、知らないんだ？）

（それって、結局、おれなんかに言うことじゃないってこと……？）

ぐるぐると頭のなかで、そのことばかりがまわる。

このごろの矢野は、わかりにくいようでいてわかりやすくなった。密なつきあいをしているせいか、それとも宇佐見が必死で彼の感情を読み取ろうとしているせいなのかは定かではない。むろん、なにを考えているのかまで察することはできなくとも、以前よりも機嫌《きげん》の上下はすぐに察することができるようになったし、少なくとも彼が悩んでいれば宇佐見にはすぐ気配でわかるのだ。

だがこのところの彼からは、なんらかの揺《ゆ》らぎのようなことを感じたことなどない。むしろ以前よりも落ち着いたような気配があったほどだった。

なにかを強く、心に決めたような——。

息が切れるほどに走って、気づけばもう駅前の繁華街《はんかがい》だった。ぜいぜいと肩《かた》であえぎながら、膝《ひざ》に手をついた宇佐見はぽつりと呟《つぶや》く。

「もう、決めちゃってんの、かな……？」

そしてそれは、宇佐見になど言う必要はないということなのだろうか。

なぜだか笑《え》みの形に唇が歪《ゆが》んで、そこからこぼれた声はぞっとするほどに暗い。

考えても考えても最悪のことしか浮《う》かばなくて、どうしていいのかわからないまま、無関心な群衆のなかに宇佐見はひとり、取り残されていた。

＊　＊　＊

悶々《もんもん》としたままの宇佐見のもとに矢野からの電話があったのは、その日の夜のことだった。

『今度の週末、ちょっと時間が空いたんだけど。なにか用事、あるか?』

間の悪いことは続くもので、年に何度あるかわからない矢野の誘いは、秋月との先約がある日だった。どうしたものか、と一瞬迷った宇佐見の声は喉《のど》に引っかかり、返事をするまでにかなりの間を開けてしまった。

「ごめん。その日は、ちょっと」

『そう、か。用があるならしょうがないな』

矢野の落ち着いた声に、どうしてかぴりぴりと、こめかみのあたりがひどく過敏《かびん》になるのがわかった。神経が尖《とが》っていて、すごくよくない状態だなと宇佐見は思う。

(なんだよ、なんでそんなにすぐ引くんだよ)

自分で断ったくせに、あっさりとした返事が癇《かん》に障《さわ》る。どこにもぶつけようのない気分が、もやもやと胸の奥にわだかまっていく。

もうこれ以上、会話しないほうがきっといい。こんなときにはたぶん、ひとに対していやななにかをぶつけてしまいかねない。まして相手は、宇佐見が誰《だれ》よりも大事だと思う矢野なのだ。こんな不快な気分をぶつけてしまって、けんかになどなったらやりきれない。

(おれだって、会いたいよ。でも、ゆりちゃんが……)

どこか不安定な様子のともだちを、放《ほう》っておきたくはない。なにより、いま矢野に会って、落ち着いて話せる自信もない。けれどせっかく矢野が、本当にめずらしくも誘《さそ》ってくれたのに――と、宇佐見の気持ちは千々に乱れた。

会いたい、けれど会ってしまったら、このところのあれこれについて詰問《きつもん》してしまいかねない。だからきっと、このまま落ち着くまでは、顔をあわせないほうがいいに決まっている。

そう思っていたのに、宇佐見の口からはまるで正反対の言葉が飛びだしていく。

「なあ。これから会って」

『は?』

唐突《とうとつ》なそれに、矢野はめんくらったような声を出した。だが、宇佐見が「お願い、会って」と思いつめたような声でくりかえすと、しばしの沈黙《ちんもく》が訪《おとず》れる。

『明日はまた、昇段《しょうだん》試験の手伝いがあるんだ。だからあんまり時間取れない』

「うん、わかってる」

小一時間程度だが、それでもいいかと言われて、宇佐見はかまわないと告げた。そうして電話を切り、居間でテレビを見ている母に気づかれないよう、こっそりと抜けだす。

玄関《げんかん》を出ると、初夏だというのに肌寒《はだざむ》い感じがした。ぶるっと震えたあと、宇佐見はなにかを振《ふ》り切るように走りだす。

待ち合わせたのは、近所の公園だ。宇佐見と矢野の家の中間くらいにあるそこは、かってふたりが、はじめてキスをした場所だった。

じんわりした恥《は》ずかしさと、そして奇妙《きみよう》ななつかしさを覚える。いつもであればただ、ふわふわと胸をあたためるはずのその記憶《きおく》が、どうしてかちくりと痛みを覚えさせた。

（なつかしいな）

「宇佐見、こっち」

自転車を引いた矢野は、もうさきに来ていた。速度をゆるめないまま小走りになって駆《か》け寄ると、いつもと変わらない表情の彼がほんの少し口元をほころばせる。

ふだんなら、ただ嬉しいばかりのその表情に、なぜだか胸がずきんと痛くなった。とっさに目を逸《そ》らし、宇佐見は数年前と寸分変わらない公園の姿を眺《なが》める。

――なあなあトモ、チューしたことある？

無邪気《むじやき》すぎた、あさはかな問いかけでふたりははじまった。あのとき、どうしようもなくどきどきしていた気持ちまでが瞬時に蘇《よみがえ》り、宇佐見はきゅっと唇を噛《か》む。

いまも、胸は不安定に高鳴っている。けれどあのときとは違って、どうしてかその鼓動《こどう》の速さは不安感ばかりを募《つの》らせるのだ。

（キス、してくれないかな）

挨拶《あいさつ》をするよりなにより、キスがしたいと思った。そうしたら、この闇雲《やみくも》な不安が消えそうな気がして、そんなことばかりを考えてしまう自分は、やはりどうかしているんだろうか。

「ご……めんね、急に、呼びだして」

妙なやましい気分になって、家から走ってきたばかりではなく息を切らしながら、宇佐見は目を伏《ふ》せて呟くように告げる。

「いや。いいけど」

どうしたんだとか、なにかあったのかとか、矢野はそうしたことを詮索《せんさく》しない。それが彼なりの思いやりだったり、基本的には他人への気遣《きづか》いをする、控《ひか》えめな性質だからこその沈黙と知っているくせに、今夜の宇佐見は妙な肩すかしを覚えてしまう。

小さく息を弾《はず》ませながら黙《だま》りこんでいると、矢野が間をつなぐように口を開く。

「なにか、飲むか？　そこ、自販機《じはんき》あるから」

「あ、い、いいよ。自分で――」

「走ってきたんだろ。少し息、整えてろ」

かまわないでいいと言うのに、矢野はさっさと背中を向けてしまった。まっすぐ、のびやかな広い背中を見ていると、さらに胸の痛みは激しくなってくる。

まだ気持ちを伝えてもいなかったころ、よくこうしてつれない背中を見送った。そのころの記憶と、いまのうしろ姿がなぜかオーバーラップして、宇佐見はなにを考えるよりもさきに、その背中に抱《だ》きついていた。

「トモ……っ」

苦しくて、たまらなかった。なにを言えばいいのか、なにから言えばいいのかもわからなくて、ただこうして捕《つか》まえていたいと思ったのに。

「おい。外だろ」

あっさりとした声で、宇佐見の胸は一気に冷えた。

「あ……」

「この間も言っただろ。外は、まずいって」

振り返りもしないまま、ふっと小さく息をついた矢野の手で、腰《こし》に絡《から》んだ腕《うで》がほどかれる。

そのまま矢野はまっすぐに自販機へと向かっていって、宇佐見はぽつんとひとり、その場に取り残された。

(……やだ。なんだこれ)

ものすごく、自分がいやなものになった気がした。この感覚には覚えがある。

まだきちんとお互《たが》い、わかりあえていなかったころ。焦《あせ》った宇佐見は早く身体《からだ》だけでもつないでしまいたいと彼を誘った。

そのときもこうして、振り払《はら》われた。まるで自分がなにか、矢野を汚《けが》すきたないものになったかのようなショックで、胸が冷えきったあの痛みを思いだした。

あとで、恥ずかしくて焦ったのだと教えてもらえたし、そのこと自体はもう怒ってもいない。

けれど、何度でも矢野は宇佐見を突《つ》き落とすことができるのだなと、ぼんやり思う。

(ねえ、痛いよトモ)

この間は自分から、頰《ほお》を撫《な》でてくれたのに。どうして今日は振りほどくのだろう。いまの宇佐見はとても不安定で、だからしっかり捕まえていてほしいのに、なぜつれなく背中を向けるのだろう。

「ほら、これ」

「あり……がと」

差し出された缶《かん》は、宇佐見の好きな銘柄《めいがら》のコーヒーだった。こういうところだけはちゃんと覚えていてくれるのに、どうして振り払ったら自分が傷つくことは覚えてくれないんだろう。

(わかってる。わかってるよ。外だし、誰かに見られたらまずいって)

自分が過剰《かじょう》に神経を尖らせていることくらい、自覚している。けれどそう思っていても苦しいものは苦しくて、どうしていいのかわからないのだ。

「て、……手、つないで、いい?」

それでも、これくらいはいいだろうと思った。暗がりだし、そんなに密着してさえいなければわからない。なにより去年の冬は、せがめば人通りのない場所なら、矢野はそうしていてくれたのだ。

だが、宇佐見の震《ふる》える声に、矢野はまたため息混じりの声を出す。

「だから、まずいって。そういうのは」

こつんと、軽く手の甲《こう》で頭を小突《こづ》かれた。いつもならば気やすく感じて嬉《うれ》しいはずの仕種《しぐさ》が、かっと脳を煮《に》えさせる。

(やばい。おれ、切れかかってる)

なんでもないことで、こんなに苛立《いらだ》つ。怒《いか》りの沸点《ふってん》がひどく低くなっている。だからやめておけばよかったのにと、自分から矢野を呼びだしておいて身勝手にも思う。

(なんか話さなきゃ。なんか、違《ちが》うこと)

矢野は沈黙を保ったままだが、不思議そうにしているのはわかった。いつもなら、くだらないことをぺらぺらと喋《しゃべ》る宇佐見が黙りこんでいることを、怪訝《けげん》に思っているようだ。

(ふつうにしなきゃ。ふつうに。でもふつうってなんだろう?)

混乱して、頭のなかにどっといろんなことが溢《あふ》れそうになる。その数秒後には真っ白になって、また情報の大洪水《だいこうずい》が訪れる。

——おまえら、知りあいだったか?……って、そうか。中学同じだったな。

——この件は是非《ぜひ》、矢野くんに。内藤さんと先生からも、お口添《くちぞ》えをお願いします。

——矢野も剣道《けんどう》ばかだから、まんざらじゃないんじゃないかねえ?

——おまえ、ときどきとんでもないこと言うな。

小さく、少しずつ積みあがっていった不安の種は、気づけばもう宇佐見の頭のなかでおそろしいくらいに育ってしまっていた。

じくじくと心臓は痛むばかりで、口をつけた缶コーヒーの味もわからない。

息が震えて、怖《こわ》くてしかたなかった。矢野と一緒《いっしょ》にいてこんなに怖いことはなかった。

そして表面上は平静な顔のまま、宇佐見はついに爆発《ばくはつ》しそうな胸の裡《うち》に耐《た》えかね、口を開く。

「なあ。……大学、どうすんの？」

「なんだ、急に」

宇佐見の発したひどく真剣《しんけん》で切実な問いは、妙に抑揚《よくよう》のないものになった。あまり他人に聞かせたことのないそれに、矢野は戸惑《とまど》ったように眉《まゆ》を寄せた。

「急じゃない。もう決めた？　なあ、どうすんの？」

詰問《きつもん》口調になっているのに気づいていたけれど、止まらない。妙につけつけとした物言いの宇佐見に、矢野は少し驚《おどろ》いたような顔をするけれど、さして態度を変えないまま言った。

「まだ少し、迷ってる。いろいろ、考えてることもあるから」

「考えてるってなに？　トモだったら、どこだっていいだろ？」

大学だってなんだって、選び放題じゃないか。皮肉っぽい口調を隠《かく》しもせずに告げると、さすがに矢野の眉が寄せられた。

「どうかしたのか、おまえ」

ようやく、宇佐見の様子がおかしいことに気づいたらしい。軽く背を屈《かが》め、じっと覗《のぞ》きこんでくるきれいな切れ長の目を見つめ返し、宇佐見は強く思った。

もうなにが不安なのかわからないくらいに不安だから、しっかり捕まえてくれないかと潤《うる》んだ瞳《ひとみ》で訴《うった》える。

（お願い、キスして。ここで、おれが言う前に）

自分でせがんでしてもらうのでは、意味がなかった。それでは、ちゃんと矢野から欲しがっているという、実感が得られない。だから彼から宇佐見に、手を伸《の》ばしてほしかった。

（頼《たの》むから、トモ。いま、抱きしめて）

切実に願ったのだけれど、矢野はやはり小さく息をついて、目を逸《そ》らしてしまった。

「なんか、話があるなら、ちゃんと、言えよ」

言いながらも気まずそうな、なにか困ったような顔をした彼のため息は、まっすぐに肺の奥に突き刺《さ》さる。

ぐう、と鳩尾《みぞおち》が上にあがるような、妙《みょう》な気分がした。鼻の奥がつんと痛くなって、そのくせ口の端《はし》が笑いをこらえるときのように歪《ゆが》む。

「トモは、ちっとも、わかってくんない」

「宇佐見？」

あは、と乾《かわ》ききった笑いがこぼれて、そのいやな響《ひび》きに自分でぞっとした。

「あのさ。おれとトモって、つきあってんだよね？」

「なんだよ、いまさら」

こんな声、自分でも聞きたくないし矢野にだってもちろん、聞かせたくない。そう思うのに、宇佐見の唇《くちびる》は意識を裏切って勝手に言葉を発してしまう。

「だって、ときどき、信じられないんだ」

「どういう意味だ？」

「なんかもっと、おれ、ふつうにいちゃついたりとかしたいし、もっとかまってほしいし。……でも、トモいっつも忙《いそが》しいしっ。時間ないし、出かけたこととかろくにないし！」

言葉を連ねるほど、自分がだんだん興奮状態になっていくのを宇佐見は自覚していた。

（おれなにゆってんの？　なんでこんなこと、トモに言えちゃうの？）

精一杯《せいいっぱい》がんばってくれているのも知っているくせに、わがままだ。そう思うのに、本当に問いかけたいことや、本当に不安なことについては言えないから、どんどんいやなことばかり言ってしまう。

頭と心が、ばらばらだ。もう収拾がつかなくて、誰《だれ》か止めてくれと思いながら、先走る口がヒステリックな声を出す。

「もっと、ちゃんと、デートとか、したいっ」

そこまでを言うとさすがに矢野は困ったようにため息をつく。宇佐見自身、自分がめちゃくちゃを言っているのはわかっているだけに、びくっと肩《かた》が震えた。

「週末、用事があるって言ったのは、そっちじゃなかったか？」

「そうだけどっ……だって、週末にトモが誘《さそ》ってくるなんて思わないもん！」

なんて言いぐさだろう。最悪だと思っても宇佐見の言葉は内心と反対のことばかりを口にしてしまう。なのに矢野は怒《おこ》りもしないで「それもそうだな」とうなずくのだ。

「急だったし、それはそれで無理かもと思ってたから」

「無理、って」

なんでそこで怒らないんだろう。どうして、わがまま言うなと叱《しか》ってくれないんだろう。好きなひとには、いいところばっかり見てほしい。なのにじっさいはまるで反対で、自分でもこんなやつきらいだと、そう思えるところばかりが出てしまう。

「あ、あわないのかな、やっぱ。おれと、トモって」

ぽろりと、前々から感じていたことを口にすると、矢野はさすがに目をつり上げた。

「おい。いいかげんにしろよ、怒るぞ」

「だってっ、おれなんか、一緒にいると、みんな変な顔するよ……っ」

「みんなって誰だよ。どこで？　誰が」

肩を摑《つか》んで揺《ゆ》さぶってくる矢野の目に、怒りがある。

わかっている、これは宇佐見が悪い。ただの不安とコンプレックスを矢野のことにかこつけて、吐《は》き捨てているだけだ。

（でも、おれもう、わかんない）

それでも、なにがなんだかわからない怖さがある。どうしてだろうと涙目《なみだめ》のまま唇を嚙《か》んでいると、矢野が唸《うな》るような声で、ついに言ってしまった。

「なんだそれ、そんな程度のことが気になるのか。だったら、いつだって自分から手をつなぎたいとか、キスしたいって言ったのは、なんだったんだよ」

「そ……」

「そんなのが気になるなら、ばれそうなやばいことするのはおかしいだろ。……いったい宇佐見がなに考えてるのか、俺にはよく――」

「も、いい！」

わからない、と言われる前に腕《うで》を振《ふ》り払《はら》う。ずきずきと眼底が痛む気がするのは、まばたきを忘れてしまったからだと気づいた。慌《あわ》てて、チカラの入った瞼《まぶた》を強引《ごういん》に閉じると、じわっと潤むのがわかる。

(泣くなよ。今日ばっかは泣くなよ)

たいがいユルい自分の涙腺《るいせん》に言い聞かせたけれど、鼻のあたりもつんとした。目を閉じたまま何度か深呼吸を繰《く》り返し、そして宇佐見は言った。

「おれ、ばっかりで、ごめん」

「宇佐見？」

「さ、誘ったのも全部、おれでごめん。キスして、ごめん」

かなりがんばってふつうの声を出そうと思ったのに、指先が小刻みに震《ふる》えていた。そして、ずっとずっと自分が、いったいなにが怖かったのかを、ようやく宇佐見は悟《さと》った。

「トモが、おれのこと好き……とか言ってくれたの、きっとおれのせいだ」

「おい、ちょっと。なんの話だ」

「おれがあのとき、教えてやるなんて言ってキスしなかったら、トモ、こんなふうになんなかっただろ？」

「そりゃ、きっかけはそこかもしれないけど――」

ことのはじまりにまで遡《さかのぼ》った宇佐見の涙声に、矢野は呆気《あっけ》にとられたような顔をする。

なつかしい、この公園でキスをした。もうあれは何年も前のことで、あれをきっかけに宇佐見を意識するようになったと矢野は言っていた。

だったら、あのときあんなことをしなかったら、彼は自分を好きになっていただろうか。

「でも、俺はちゃんとおまえが好きだぞ」

鈍《にぶ》いようでいて本当は聡《さと》い彼は、引きずられているわけでもなんでもないと、きっぱりと言う。宇佐見のぐずぐずした物言いの根にあるものを、ちゃんと摑んでいる証拠《しょうこ》だ。

だが、それでも気持ちが晴れない。結果論でしかないいまに、どうしてか救いが見えなくなっている。

「おれ、トモのじゃま、すんのやだ」

「だから、さっきからなんでそんな話になってるんだ」

次第《しだい》に矢野の声に苛立《いらだ》ちが混じってくる。常から、高校生らしからぬ落ち着いた態度を取る彼だけれども、けっして気長でも、むやみやたらとやさしいわけでもないことを、宇佐見は知っている。

(知ってるんだ。ほんとはトモは、誰よりも厳しい)

むしろ武道などのスポーツをたしなむ人間は、基本的には好戦的な性質が必ずある。ひとたび矢野の怒りに火がついたら、すさまじく彼は冷酷《れいこく》になれるはずだ。

知っていて、もういっそ怒ってくれと思った。そうして、切り捨ててもらえたら楽だと、ほんの一瞬《いっしゅん》、考えてしまった。

それがどうしようもない甘えで、ずるいことだと本当は知っていても、宇佐見はもう勝手な自分を止められなかった。

「トモだってっ、おれに言ってないこと、あるだろ? なあ、あるだろっ!」

「え……?」

「だ、大学のこととか、さきのこととかっ、なんでぜんぜん、話してくんないんだっ。東大とか京大受けろとか言われて、すげえしんどいはずだって、そんなのだっておれ、知らなかったよ!」

支離《しり》滅裂《めつれつ》になってわめくと、やはり図星だったのか、一瞬だけ矢野は押し黙《だま》った。

「それは……まだ、はっきりしたこと言えないから」

「おれでさえ進路希望調査、書かされたのに⁉　トモの性格で、決まってないわけないじゃんか。なんで教えてくんないんだよっ」

「だって、おまえも訊《き》かなかっただろ。それに家も出ることになるから、まず親との話しあいが決着ついてからだし」

めずらしく気まずそうに口ごもるそれが、宇佐見に「やはり」という確信を抱《いだ》かせた。家を出る。たしかにそれは出るだろう——鹿児島などに行くとなれば、親御《おやご》さんの許可がなにより必要なはずだ。

「家、出るって、そんなのも、訊かなきゃ、教えて……くんないのか？」

「言うタイミングは考えてた。場合によっては、宇佐見が怒るかもしれないし」

目の前が赤く染まった気がした。熱まで出たようで、自分が衝撃《しょうげき》のあまりに頭に血がのぼっているのだと、妙《みょう》にリアルに体感しながら宇佐見はうなだれていた。

矢野に剣道《けんどう》を教えたのは祖父だが、父親はあまりそれに対していい顔をしていないとも聞いたことがあった。成績に見合った進路につけと言われていたらしいが、それが鹿児島の体育大学に進学するとなれば一悶着《ひともんちゃく》はあるだろう。

宇佐見は、そういう意味では部外者だ。家族間の話し合いが先だと言われれば口も出せない。

それでも、つきあっているなら、ちゃんと教えてほしかったのだ。

「怒るに、決まってんだろ」

「え？」

呟《つぶや》いた声はあまりに低くて、自分のものとは思えなかった。怪訝《けげん》そうに眉《まゆ》をひそめた矢野も、鈍い鈍いと思っていたがたいがいにしろと、そんなふうに思えた。

「怒るに決まってんだろ……なにそれ？　ひとりで考えておれのこと無視かよ⁉」

「だから、もう少しあとにならないとって」

「もういいよ、トモなんか、勝手にひとりでどこでも行けば⁉」

「おい、宇佐見っ！」

言った瞬間、ぱんっと頬《ほお》が鳴った。いったいなにがと思って目を瞠《みは》ると、矢野は自分でも驚《おどろ》いたように拡《ひろ》げた手のひらを眺《なが》めている。

「ぶった……」

「あ、いや、ごめ」

「と……トモのばかあああっ！」

「いっ！」

べちっと、宇佐見の両手が音を立てた。頭ひとつ近く高い位置にある端整《たんせい》な顔を、思いっきり両手でひっぱたいたからだ。

「もう知らない！　もう、トモなんかきらいだ！　ばか！」

「きら……い、って」

言い捨てた瞬間、ぼろっと涙がこぼれた。言葉になのか、涙になのか、なにかを言いかけた矢野はぐっと唇《くちびる》を噛んで押し黙る。

「もう知らない、もう別れるっ。もう、しんどいからもう、か、勝手にするっ。クラブとかだって、行っちゃうからなっ」

意志に反して溢《あふ》れたそれをぐいっと腕で拭《ふ》いたあと、宇佐見は背を向けて走りだす。

「ちょっとおまえ、なに言って……待てぉい、宇佐見！」

背後に鋭《するど》い声がかかったけれども、もう知らないと宇佐見は走った。たぶん本気で追いかけられたら捕《つか》まってしまうと思ったけれども、気づけば自宅が見える位置まで辿《たど》りついていて、矢野の姿はうしろにはなかった。

「お……追っかけてこいよ、ばかぁあ……っ」

うわあん、と子どものように大泣きしながら夜道を歩いて、ほとほと自分がいやになった。

(なんなんだおれ。すげえばか。なにけんか売りにいってんの？)

きらわれたくないのに、きらいだなんて言った。ぶたれたけど、倍にしてぶった。

「わ、別れるとか言っちゃった。なにいってんの、おれ」

支離滅裂なことをわめきたてた宇佐見に、呆然《ぼうぜん》とした顔の矢野が、目に焼き付いている。

「それでいいよとか、言われたら、どうすんだよぉ」

今度こそ本当に、愛想をつかされたかもしれない。もうふられるかもしれないと思ったら、心臓を吐《は》きそうなくらいに身体《からだ》のなかが痛くなって、夜道にひとり、うずくまる。

「うえーん……おれのばか……」

もうなんだかこのまま、地面に埋《う》まって消えてしまいたい。そう思いながら、しゃがみ続ける足が痛くて苦しくて、本当になにもかも、自分がいやでしょうがなかった。

＊　＊　＊

矢野とどうしようもないけんかをしてから、数日が経《た》った。

さすがにあの冷静な彼氏も今回ばかりは腹を立てていたようで、なんらの言葉をかけてくることもなかった。

というよりも、あの去り際《ぎわ》の「別れる」を本気にされているかもしれないと思えば怖《こわ》くて、宇佐見は携帯《けいたい》の電源を入れることさえできなかった。

だから金曜日、クラスの友人がにやにやしながら声をかけてきたときに、一瞬反応しそこなったのだ。

「宇佐見ー。お客さん」

「へ？」

あっち、と指さしたさきには、秋月がひらひらと手を振《ふ》っている。なんだろうか、とぼんやり思ったあとに、「あっ」と宇佐見は声をあげて立ちあがった。

「ご、ごめんゆりちゃん。もしかしてメールくれてた？」

そういえば週末の約束について、まだなにも決めていなかったのだ。焦《あせ》りながら問いかけると、秋月はとくに怒った様子もないまま首をかしげてみせる。

「くれてました。でも返事ないから、変だと思って……なに？　携帯、おかしいの？」

「や、ちょっといろいろあって。いま、携帯使えないんだ、ごめんね」

微妙《びみょう》ないいわけに、苦しいかと思ったけれども彼女はとくに追及《ついきゅう》することもなかった。

宇佐見は宇佐見でいろいろいっぱいいっぱいだが、秋月もまた少しぼんやりしている気がする。なんとなく、全体に覇気《はき》がないのだ。

「うん、まあいいや。明日とにかくさ、渋谷《しぶや》でいいかな。あたしその前に、ちょっと青山《あおやま》によってから行くんで、夕方からでいい？」

「あ、うん。待ち合わせは――」

お互《たが》いの都合のあう場所と時間を決める間も、秋月はどこかうつろな目をしている気がした。

「ゆりちゃん、どしたの？」

「あ？　うん。なんでもないよ。じゃあ、明日ね。あ、オールのつもりでいくから、よろしく」

「はいはい」

じゃあね、と手を振ると、秋月はすぐに去っていった。そのうしろ姿もどことなく元気がないような気がして、だいじょうぶだろうかと宇佐見がため息をつけば、いきなり背後から首をホールドされる。

「うわ！　な、なにっ」

「なんだよ宇佐見。秋月といつのまにそういうことなわけ？」

「なんすか。デートっすか。そういう余裕《よゆう》ですかっ」

ひとりは呼び出しを取り次いだクラスの友人で、もうひとりはかつてバスケ部で一緒《いっしょ》だった輩《やから》だ。高校のなかでも相当な美少女として有名な秋月と、いつどこで親しくなったのかとしつこく問われ、そういえばわざわざクラスにまで彼女が訪ねてきたことはなかったのだと気づく。

「ちがっ、ちょ、デートじゃないってっ」

「吐けこら！」

「ほんとだってば！」

ここしばらくの受験ムードのおかげで、騒《さわ》ぐ種のなかった男子らは必要以上にハイになっているようだった。勘弁《かんべん》しろ、と呻《うめ》いて廊下《ろうか》に逃《に》げた宇佐見を追っては大声で追及する。

「まじだって！　頼《たの》まれて、用事っ！　つきあう、だけっ」

「嘘《うそ》つけ、渋谷で待ち合わせっつってたじゃねえかよ！」

「渋谷でなにすんだっ、あぁ？　仲良くお手々つないで道玄坂《どうげんざか》じゃねえだろな！」

「ばか、ちがっ……いてえっつうの！」

絞《し》めあげられ、勘弁してくれよとわめいていると、勢い廊下の端《はじ》っこ、階段のあたりまで逃げる羽目になった。

「う、うわっ、あっぶねーだろ……！」

そこでぬっと現れた人影《ひとかげ》にぶつかりそうになり、宇佐見は首を絞めあげられたままで思わずたたらを踏《ふ》む。だが、すみませんという言葉を発するよりも早く、その相手が誰《だれ》かを確認《かくにん》した瞬間に、凍《こお》りついた。

「ト……」

「げっ、特進」

トモ、というより早く、背後にいた友人が苦手そうに呟く。じろりと長身から睥睨《へいげい》するような目をむけた矢野は、宇佐見にいっさいの関心もなさそうな顔でそのまきびすを返した。

すうっと血の気が引いて、宇佐見はその場に凍りつく。だが宇佐見の変化に気づくよりも、友人らはめずらしい顔ぶれを見たと驚《おどろ》くほうがさきだったようだ。

「うえ、なんで特進が普通棟《ふつうとう》に来んだよ？」

「ああ。視聴覚室《しちょうかく》でたしか、ガイダンス？　とかやるらしいぜ。なんか特進、今年スーパーハイスクールとかっての認定《にんてい》するんだか、したんだかだろ」

「それ、なに？」

誰かがしたり顔の友人に問いかけると、「俺も聞きかじりだけど」と彼は言った。

「スーパーハイスクール指定っつって、全国の学校から優秀《ゆうしゅう》なとこを文部科学省が指定すんだと。で、指定校は英語だったり理数系だったり、とにかく各分野で在学中から、大学生と同じレベルの研究とか論文とか？　を授業に取り入れるってやつらしいよ」

そのためにお偉《えら》いさんが説明会に来るらしいのだと、事情通の友人は言った。

「矢野だろ、いまの。たぶんどっかの大学の研究室にカモーンとか、言われてんじゃね？」

「え？　あいつ剣道《けんどう》でもスカウトされてなかったっけ」

「うっへえ。どっちにしろ選び放題かあ、羨《うらや》ましいー！」

凡人《ぼんじん》には縁のない話だ、と首を振る友人らは、すでに宇佐見のデート事件など、どうでもよくなっているらしい。

そして宇佐見もまた、友人らの会話など、どうでもよかった。

（……無視、された？）

矢野はあきらかに、宇佐見を認識したあとに目を逸《そ》らした。冷ややかな目も、あの態度も、予想していた以上に胸にざっくりと刺《さ》さった。

（え、やっぱこれって、この間で終わったってこと？）

簡単に許してもらえるとは、さすがに思っていなかった。やつあたりしたあげく、きらいだ、別れると叫《さけ》んで逃げて、それではあんまり虫がよすぎると宇佐見もわかっている。

悪いと思っているのだから、まず自分から謝るべきだと、それも頭では理解していたのだ。

けれど、それでもし矢野が「許さない」と言ったらどうしようかと——決定的な言葉を聞くのが怖くてずるずる引きのばしていたのも宇佐見のほうなのだ。

どう転んだところで今回の件については宇佐見が悪い。あんなめちゃくちゃな態度をとってしまって、愛想をつかされたってしょうがないとも思う。

頭では充分《じゅうぶん》すぎるほどわかっていたことだ。けれどやはり、ああまでつれない態度を目《ま》の当たりにすると、想像以上にショックだった。

たしかに自分が悪かったけれど、本当にあんなことで終わりなのだろうか。理不尽《りふじん》な気もして、しかし同時にしかたないのかとも思うのだ。

(なんだよ、やっぱ、そうなのか)

やはり、けんかもしてはいけなかったのか。矢野にやつあたりなんかして、身の程《ほど》知らずだったのか。

たしかに、好きだと言ったのは彼のほうがさきだった。けれどいつだって、アクションを起こすのは宇佐見のほうばかりだったのだと、いまさらに思う。

結局はダダをこね、つきあってもらっていたようなもの、だったのだろうか。

気づけば、宇佐見はひとり廊下のまんなかに取り残されていた。予鈴《よれい》の鐘《かね》がなり、階段をのぼってきた有賀が「席に着け」と怒《おこ》ったような気がするけれど、よく覚えていない。

「……あはは。もう、だめかな」

笑いたくもないのに笑えてしかたなくて、乾《かわ》ききった目を宇佐見は細めた。

もう、胸の奥はしくりとも痛むことはなく。

ただむなしいような空隙《くうげき》が、細い身体《からだ》にぽっかりと穴をあけていた。

＊　＊　＊

土曜の渋谷は人混みにごった返していた。夕刻から出かけることについて、親には『友人のところに泊《と》まる』とだけいいわけをしておいた。

夜遊びぐせは以前からの宇佐見だが、このところ成績も維持《いじ》できているし、なにより矢野とつきあうようになってからは、品行方正な生活を送っていたため、親もとくに詮索《せんさく》することはないままだった。

待ち合わせたのは渋谷駅。半蔵門《はんぞうもん》線へとくだる階段の前で、宇佐見は見るともなしにマンウォッチングをする。

宇佐見の渋谷のイメージは、原色と黒だ。派手で目がちかちかするような色の洪水《こうずい》が溢《あふ》れているのに、なぜだかトーンは不健全に暗い。流行と情報が溢れすぎていて、いったいなにがなんだかわからなくなる、そんなカオスな街、そしてひとだ。

矢野とつきあうようになる前はよく通った、けれど結局は馴染《なじ》みきれない場所だった。ホームグラウンドと言いきるには、この街はあまりに雑多すぎる。

結局、宇佐見にはこういう華《はな》やかで空虚《くうきょ》な空間は、向いていないということだったのだろう。

(でもまた、こっちの世界に逆戻《ぎゃくもど》りかな)

ここ数日ですっかり習い性《しょう》になった、曖昧《あいまい》な笑《え》みが浮《う》かんだ。そしてそういう顔をしていたのが、ほんの半年前まではいつものことだったのだ、というのにも気づいてしまった。

矢野とつきあって、デートもろくにしなかった。そもそも、近所の公園とファミレス以外、一緒にいった場所などない。どこかへ遊びに行ったことすらない。

それでも、いつでも満たされていたと思う。勉強ばっかりだとか、剣道ばっかりだとか、いつも膨《ふく》れてふてくされていたけれど、こんなに茫洋《ぼうよう》とむなしい気分になったことは、この半年間一度もなかった。

(これからは、ずーっとこんな感じとつきあってくのかな)

遠い目で、すでにネオンが目立ちはじめた夕方の街を見つめていると、肩《かた》を叩《たた》かれる。秋月が来たのかと振《ふ》り返れば、見たことのない男が立っていた。

「ね、ひとり?」

「いえ。待ち合わせです」

軽薄《けいはく》そうな定番のかけ声。キャッチかなにかだろうか、面倒《めんどう》だなと思って視線を逸らすけれど、妙《みょう》にしつこく声をかけてくる。

「もうだいぶ前から、ぼうっとしてるじゃん。すっぽかされたんじゃないの？」

「あの、ほんとに待ち合わせだし、おれ、お金あんまりないですから」

「え、いいよそんなの。奢《おご》ってあげるし」

そこまで来て、これはもしかしてナンパかと宇佐見は気づいた。ここまでベタベタなタイプにはあまりお目にかかったことがないので、却《かえ》ってわからなかったのだ。

「あのー、おれ、男ですけど」

「うん。だから？」

じりじりと宇佐見があとじさるのに、相手もそれ以上の歩幅《ほはば》で近寄ってくる。いやな感じの押しの強さにすっかり腰《こし》が引け、いっそ秋月が来るまで逃げ回るべきか——と宇佐見が冷や汗《あせ》をかいていると、その肩がまた反対方向から叩かれた。

「おまちど。なにしてんの？　ウサ」

「ゆりちゃんっ！　あ、……あれ？」

ほっとして振り返った宇佐見は、そこにいつもよりもかなり気合いの入ったメイク姿の秋月を見つけ、しかしべつの意味で目を瞠《みは》る。

「ど、どしたの、頭」

「ん？　言ったじゃん。青山のサロン行ってくるって」

「え、いや。青山に行くとは聞いたけど」

現れた秋月は、腰まで届くかというあのつやつやストレートの髪《かみ》を、ばっさりと切ってしまっていた。あまりのイメージチェンジにぽかんとしていると、背後ではひゅうっと口笛の音がする。

「うわ。待ち合わせってこの子だったんだ。ね、じゃあ三人で一緒《いっしょ》に飲みいかない？」

「あんた、誰《だれ》」

つん、とグロスの乗った唇《くちびる》を尖《とが》らせて睥睨《へいげい》する秋月にもめげず、ナンパ男はさらに相好を崩《くず》してみせた。

「誰って、いや、俺はね――」

「自己紹介《しょうかい》しろとか言ってないよ。じゃまだからどっか行って」

馴《な》れ馴《な》れしく肩に手を置こうとした男のそれを、秋月は手にしたかわいいバッグではたき落とした。ほっそりとした彼女の目力はすさまじく、拒否《きょひ》された男は顎《あご》を引く。

「ていうか、ウサにも馴れ馴れしくしないで。お呼びじゃないの。ていうかこんな場所でナンパとかしないでよね。だっさい」

「な……っ」

いつもスマートな秋月らしくもなく、のっけから好戦的なかまえを見せると、さすがにナンパ男も顔色を変えた。まずい、と思った宇佐見はとっさに彼女の腕《うで》を摑《つか》み、男から遠ざけるべく歩きだす。

「ゆ、ゆりちゃん！　ほら、もうライブはじまるから行こうねっ。あの、ごめんなさいおれら、急ぐから！」

「あ、ちょっ……」

適当ないいわけをでっちあげ、まだ目をつりあげている秋月の肩を押して宇佐見は雑踏《ざっとう》のなかに紛《まぎ》れこんだ。そのまま駆《か》けこんだのはセンター街。あまり治安がいいとは言いがたい場所でもあるが、なにしろひとの多さは折り紙つきだ。

「はー……もう、ゆりちゃん。だめだよ、あんなとこでけんか売っちゃ」

「なによー。あっちがウザいから悪いんじゃない」

「ってか、どしちゃったの……？」

いつも秋月はさっぱりと明るいし、こんなにとげとげした態度を見せたことなどない。むしろ年齢《ねんれい》よりも大人っぽくさばけているタイプで、あの程度のナンパなど、もっとスマートにやりすごせるはずだ。

「機嫌《きげん》悪いだけよ。けんかしたってよかったのに」

「なに言ってんだよ、女の子だろ。相手、いちおう男なんだしさ」

気をつけないと、とたしなめようとした宇佐見の言葉に引っかかったのか、秋月はぎろっと大きな目で睨《にら》んでくる。

「なによ。ウサだって男のくせにナンパされてたじゃん」

「あ、やっぱあれ、ナンパだよね」

実感はなかったがやはりそうかとうなずくと、秋月はなんだか複雑そうなため息をついた。そしてじっと宇佐見の顔を見たあとに口を開きかけ、結局はなにも言わないまま閉じるという、彼女らしからぬ中途半端《ちゅうとはんぱ》な表情を見せる。

「あの、ところでどこ行くの？」

「べつに、どこってない。適当に入る？」

「入るっていっても……あ、じゃああそことか、どう」

まだ宵《よい》の口で、クラブなどはオープンしてもいないだろう。カフェと併用《へいよう》しているところもあるにはあったが——と宇佐見が心当たりの店の名を口にすると、秋月は呆《あき》れたように言った。

「ウサ、情報おっそいよ。もうそこ閉まっちゃったよ」

「え、まじで？」

その後も、宇佐見が覚えのある店の名をいくつか口にしてみたが、経営形態が変わったり、IDチェックがうるさくなったりで、入れる場所はいくらもなくなっていた。

「うわー、おれすっかり浦島《うらしま》くん……？」

「ここ半年、ぜんぜん遊んでなさげだったもんね。まあ、でも、そのほうがいいよ」

クラブ流行《はや》りも一段落したいま、ひとところは通うだけでステイタスだったハコも、もはやただのライブハウスやバーと変わりがない。

どこが好みか、集《つど》う人種とかけられている音楽がどういうセンスのものか、という点で差を出し、人気があれば流行るしそうでなければ潰《つぶ》れる。そうしてどんどん、世間の流行に同じく好みによって細分化されて、ユーザーのニーズとともに盛衰《せいすい》をくりかえすだけなのだろう。

それにしても、さすが渋谷は流れが速いと宇佐見が呆然《ぼうぜん》としていれば、秋月はにぎやかなゲームセンターの前で立ち止まった。

「ゆりちゃん?」

「ねえ。コーコーセーらしく、ここにしよっか」

唐突《とうとつ》に言いだして、クレーンゲームの前に宇佐見の腕を引っぱっていった秋月はにっこりと笑う。よく見ると、その服装は秋月がふだん夜遊びに出るときのような、コンシャスで色気のある服ではなく、もう少しシックな印象のある、大人っぽいいでたちだ。

(なにがあったんだろ)

いきなりばっさり髪を切ったことといい、あまり見た覚えのないファッションといい、どこか秋月は様子が変だ。そもそも、誘《さそ》いをかけてきたときから変といえば変だったのだが、宇佐見自身がそれどころではなかったため、失念していた。

「ねえウサ、これ取れる?」

「え、なに?　こもも?」

腕を取られ、秋月が指さしたのは、メールのキャラクターで有名な垂れ目のクマだった。ひと抱《かか》えはありそうなベビーピンクのぬいぐるみは、秋月の好みとは思えなかったが、しょげている女の子にはやさしくする主義の宇佐見は黙《だま》ってうなずいた。

「うう、こういうのもひさしぶり」

「がんばれっ」

コインを入れて、ボタンを叩く。機械のクセやタイミングを読めばむずかしいものではないが、なにしろこれも半年ぶりだ。案の定、数回続けて失敗し、背後の秋月はああだこうだと適当なことを言って励《はげ》ましている。

「あ、惜《お》しいっ」

「も、もうちょい。ゆりちゃん、コインある？」

「あるある」

だいぶこつが摑めてきたけれど、これではふつうにトイ・ショップでぬいぐるみを購入《こうにゅう》するほうが安くつくのではないかと、三千円めになるコインを投入しながら宇佐見は思う。

だが、真剣《しんけん》な顔でケースのなかに見入る秋月の期待を裏切れず、今度こそはとボタンを叩《たた》いた。

ゆっくりと前に進むクレーンを、右、左と動かして、お尻《しり》に紐《ひも》のついたこももをどうにかロックオンする。「よし、こいこい」と思わず固唾《かたず》を呑《の》みながら、ふっと頭の隅《すみ》で考えた。

（ほんとにトモって、こういうのなにもなかったな）

電子音とゲーム音楽が何重にも流れてくる音の洪水《こうずい》のなか、パターンの決められたゲームに夢中になる感覚を、もうずいぶんと忘れていた。必要が、なかったからだ。

矢野といればそれだけで、なにもいらなかった。遊んでくれなどと言っても、いちばん必要なのは彼の存在だけで、ほかのアイテムなどいずれにしろ宇佐見の目には入らなかっただろう。

(今日、トモは、どうしたかな)

誘いを蹴《け》って、秋月と一緒にこももを吊《つ》り上げて、いったい自分はなにをしているのだろう。だが、別れると言いきったのは宇佐見のほうで、それから矢野もなにも言ってこないのだから、もう考えるだけ詮無《せんな》いことだ。

「あっ！　ちょっとウサ、違《ちが》うよ右右っ」

「えっ、あ、えっ？」

うっかり思考に沈《しず》んでいると、クレーンが目的の場所からずれていた。慌《あわ》ててばしばしと適当に叩くと、偶然《ぐうぜん》にも目当てのそれとは反対の位置にあった、エプロンをつけた一体が引っかかる。

「あ、あれ、取れた？」

「わ、やった！」

怪我《けが》の功名で、まんまとピンクの垂れ目クマをゲットすることができた。秋月は歓声《かんせい》をあげ、宇佐見に「ありがとう」と抱《だ》きついてくる。

「いや、ありがとうって、お金出したのゆりちゃんだし……はい」

「うん、でも、ありがと」

取りだしたぬいぐるみを宇佐見が渡《わた》すと、秋月はそれを大事そうに抱え、一瞬《いっしゅん》だけ寂《さび》しそうに目を伏《ふ》せた。そして、こももの頭をしばらく無言で撫《な》でまわすと「ねえ」と宇佐見には目を向けないまま口を開く。

「いま、何時？」

「いま？　えっと……あ、八時ちょい、かな」

「そっか」

こももをうにうにといじりながら、秋月はなおもなにかを考えこむように目を伏せた。そして、ふっと息をつくと、おもむろに顔をあげて宇佐見を見る。

「宇佐見くん」

「な、なに？」

「ついてきてほしいとこ、あるんだ」

久々に愛称《あいしょう》ではない呼びかけをされ、宇佐見は思わずかしこまった。いいけど、と曖昧《あいまい》にうなずいた宇佐見の腕《うで》に腕を絡《から》め、なにかを決意したような横顔のままで秋月は歩きだす。

「えっと、どこ行くの？」

「こっちにあるの」

スペイン坂方面に向かって大股《おおまた》に歩きだした秋月は、細々とした通りを迷うことなく進み、とあるカフェの前で立ち止まった。

「え、ここ？　つきあってって」

「うん、ここ」

夜はバーにもなるらしい、その洒落《しゃれ》た店の前には『本日貸し切り』の貼《は》り紙がある。手書きのポップふうな文字の横には、『井村《いむら》・花岡結婚披露《はなおかけっこんひろう》パーティー』と書き添《そ》えられていて、宇佐見はわけがわからずに、硬《かた》い顔をした秋月を眺《なが》めるしかない。

グロスの乗った唇《くちびる》が、きゅっと噛《か》みしめられた。緊張《きんちょう》と痛みのひどい横顔を見たことはなく、宇佐見は摑《つか》まれた腕に痛いほどの力がこもっているのを知る。

ここになにか、秋月のこの張りつめた気配の要因があるのだ。なにかはわからないけれども、つきあうと言ったからにはつきあおうと思う。

「行こうか？」

「うん」

細い肩《かた》を軽く叩いてうながすと、秋月は縋《すが》るような目をして片手にこも、片手に宇佐見の腕をきつく抱え、宇佐見の開いたドアのなかに足を踏《ふ》み入れた。

「申し訳ありません、本日貸し切りで――」

ギャルソン姿の店員らしい女性が、申し訳ないと頭を下げてくる。だが秋月はにっこりと笑みを浮《う》かべると、いつもの彼女らしい落ち着いた声を発した。

「いえ、あの。招待されてます。これ、招待状」

秋月の差しだした小さなカードに、店員は「ああ」とにこやかにうなずいた。

「皆様《みなさま》お待ちですよ。どうぞ?」

「いえ、……お願いがあるんですけど。花岡さん、呼んでもらえませんか?」

「え、新婦のかた、ですよね」

「ちょっと急ぎの用事があるので。お祝いだけ渡して、帰らないといけないんです」

にこにこと告げる秋月には、なんらおかしな様子はない。けれど、ドアを開く直前までの不安定な彼女を知る宇佐見には、そのにこやかさこそが妙《みょう》に胸を騒《さわ》がせるものだった。

(腕、震《ふる》えてる)

なにより、縋るように掴まれた腕には、秋月の細い指が痕《あと》を残しそうなほどの力で食いこんでいる。けれど顔だけは平静な笑顔《えがお》のままでいる彼女に、いったいなにがあったのかと思う。

目的のひとが来るまで、手持ちぶさたな宇佐見はなんとなしに店内を眺めた。一階部分はクローズした状態で、木製の、カーブした階段の上からは、にぎやかな声が聞こえてきた。

どうやらパーティーは二階で行われているらしい。ややあって、歓声が響《ひび》き渡ったあと、誰《だれ》かの声が近づいてくるのが聞こえた。

「——百合!」

　ぱっとその場が華《はな》やぐような声がして、秋月がはっと顔をあげる。宇佐見もつられてそちらに目を向けると、髪《かみ》に花を飾《かざ》り、白いシンプルなドレスを着た女性が、長い裾《すそ》をたくしあげて階段から降りてくるところだった。

　顔立ちはものすごく美人、というわけではない。けれども、なんとも言えず笑顔の素敵《すてき》な、二十代なかばほどのそのひとは、秋月に向かってとてもきれいな笑顔を見せた。

「遅《おそ》かったじゃない、心配したのよ？　みんな待ってるのに」

「ごめんね、芽衣《めい》ちゃん。……ちょっと、用事があったの」

「用事って、いったい……あら。ボーイフレンドも一緒《いっしょ》？」

　近づくなり、とても嬉《うれ》しそうに彼女は両手で秋月の頰《ほお》を撫でる。親しげな様子はまるで姉妹《しまい》のように微笑《ほほえ》ましかったけれど、頰に触《ふ》れられた瞬間の秋月が、ぎゅっと自分の腕を摑んだことに宇佐見は気づいてしまった。

　そしてまた、芽衣と呼ばれた彼女も、間近に見た秋月の変化に気づいて目を瞠《みは》る。

「って、百合、なにこの髪！　いつ切ったの⁉」

「ん。ちょっと、……失恋《しつれん》したの」

　かすかに、秋月の声が震えている。まさか、と思いながらも宇佐見はけっして表情を変えず、ただ秋月の摑んだ腕の上から自分の手のひらを添えた。

「あの、こっち宇佐見くんね。今日はね、あたしにつきあって、気晴らしに遊んでくれてるの」

「こんにちは。宇佐見です。このたびは、おめでとうございます」

「あら、どうもありがとうございます」

与《あた》えられた役割を、正しく摑んで宇佐見はにこっと笑ってみせる。初対面だというのに、とても嬉しそうに芽衣は微笑んで、宇佐見に会釈《えしやく》をしてくれた。

気持ちのうつくしい、心根がすっきりとしたひとなのだと、ほんの数分でわかる。清浄《せいじよう》な空気が芽衣の周囲には満ちていて、横にいるとそれだけで自分もきれいになれそうな、そんな雰《ふん》囲気《いき》を彼女は持っていた。

「そう、そうか。失恋か。こんなとこに来る気分じゃなかった？　百合、ごめんね？」

「やだな。なに謝ってるの、芽衣ちゃん……っ」

秋月よりも背の高い芽衣は、こつんと額を彼女に押しつけ、いとおしそうに短くなった髪を撫でた。その瞬間、潤《うる》んだ目をこらえきれないように閉じる秋月の苦しさが伝染したように、宇佐見はぐっと息をつまらせる。

「あの、あのね芽衣ちゃん。これ、お祝い。好きだったでしょ？　さっきね、宇佐見くんがとってくれたの」

「あら。あはは、ありがとう、こもも。嬉しいな」

かわいいね、と真っ白なドレスの彼女はピンクのくまを抱きしめる。大人の女性にはそのコミカルなデザインのぬいぐるみがミスマッチのようでいて、案外と似合っていると思った。

「ドレス、すごくきれい。芽衣ちゃん。……すごく、すてき」

「そう？　百合みたいな美人じゃないからね、変かと思ったんだけど」

照れたように微笑んで、でもありがとうと芽衣は言った。そして秋月をぎゅっと抱きしめて、
元気を出してね、とやさしく——そして残酷《ざんこく》に、言った。

「百合はしっかりしてるけど、もろいから心配。あたしは……もう、一緒にいられないからね。がんばるのよ」

「うん。芽衣ちゃん。いままで、ありがと」

傍目《はため》から見れば、親しいもの同士のやさしいハグだろう。けれど宇佐見はわかってしまった。秋月にとってこの抱擁《ほうよう》が、最初で最後の切実ななにかだということを、気づいてしまった。

「じゃ、あたし、もう行くね」

「うん。旦那《だんな》にも言っておくわ。……じゃあ、あの、宇佐見くん？　百合をお願いしていい？」

「はい。芽衣さんも、お幸せに」

ぺこりと頭を下げると、秋月の華奢《きゃしゃ》な靴《くつ》が視界に入った。オーガンジーのドレープ、裾がひらひらとしたスカートは上品で、たしかに披露宴《ひろうえん》にはふさわしい服装だといまさら気づいた。

見たことのないシックないでたちも、この宴《うたげ》に来るかどうか迷った末のものだったのだろう。

髪を切って、いつもよりも入念なメイクをした秋月の胸の奥には、どんな痛みがあるのだろう。

揃《そろ》って、ほんの十分もいなかった店をあとにしたふたりは、沈黙《ちんもく》したままひたすら渋谷の街

を歩いた。無目的な彷徨《ほうこう》には適した雑多な街を、なんとなく手をつないだまま歩くうちに、ぽつりと秋月は言った。

「……芽衣ちゃんね、旦那にくっついて、フランス行っちゃうの」

「ふうん」

「あたしのね、幼馴染《おさななじ》みなんだ。一緒のピアノ教室に通ってて、ずっと仲良しで。……クラブとかも、芽衣ちゃんが知りあい紹介《しょうかい》してくれて、それでずっと顔パス。この間まではね、インディーズのデザイナーズショップで働いてたの」

「そっか」

それから秋月は、まるでひとりごとのように、芽衣との思い出を宇佐見に語って聞かせた。相づちを打つ以外になにも言えることはなくて、宇佐見はただ、震える小さい手を握《にぎ》って、ひたすら歩き続けた。

だが気がつけば、道玄坂方面に秋月は向かおうとしていた。薄暗《うすぐら》いほう、奥まったほうへときゃしゃな足は進んでいく。

「ゆりちゃん、そっちは違《ちが》うよ」

「どうして？」

このさきに乱立したホテルに行こうとしているのは明らかで、だめだとかぶりを振《ふ》ると、壊《こわ》れそうな顔で笑う。

「どうして、だめ？　ウサは、あたしとか抱《だ》けない？　やっぱ、男のほうが好き？」

秋月には、宇佐見が同性とも恋愛《れんあい》できることはばれている。けれどいままで、こんなあざけるような物言いをされたことは、一度としてなかった。

だが、暗黙《あんもく》の了解《りようかい》だったそれを、もっともいやな形で突《つ》きつけてくる彼女のほうがずっと傷ついているのがわかったので、宇佐見はまじめな顔のまま、なおもかぶりを振った。

「ゆりちゃん。そういうこと言わないほうがいい」

「なんでっ？　だってウサだって、あたしのこときらいじゃないでしょっ！」

「きらいじゃないよ。好きだよ。だから、ゆりちゃんが自分で自分をぼろぼろにしようとしてるのは、おれは止めないとなんないよ」

静かに諭《さと》すと、秋月はぐっと唇《くちびる》を嚙《か》んだ。そして「どうしてよ」と震える声を発する。

「つきあってくれるって、言ったじゃない。抱いてよ。なぐさめてよ」

「そんなことしても、なぐさめらんないよ。それに、おれ、いま……いちおうは彼氏いるから、浮気《うわき》はできない」

もう操《みさお》だてする必要はないかもしれないけれど、それについては触れずに宇佐見は言いきった。なにより、まだ自分の気持ちは矢野のもとへと残したままで、秋月を抱けるわけもない。

「ゆりちゃん。自分に嘘《うそ》つくと、しんどいよ？」

本当にしたいのは、そんなことじゃないだろう。じっと目を見たまま宇佐見が告げると、秋月は無理矢理笑おうとしたかのように、口端《くちはじ》をあげようとした。

「だって、ほんとのことなんか、言えないよ……っ」

けれど結局はくしゃりと目元が歪《ゆが》み、宇佐見の腕《うで》を振りほどくなり、地面にしゃがみこんでしまう。

「あたし、ずっと芽衣ちゃんのこと好きだった」

「ゆりちゃん」

「どういうふうに好きかわかんない。でも、芽衣ちゃんがいてくれたら、彼氏なんかほんとはいらなかった。あたしのこと全部わかってくれて、全部許してくれて、……あたしの、いちばん大事な、ともだ……っ」

ぐっと秋月は唇を噛んだ。切ったばかりの髪《かみ》がさらさら揺《ゆ》れて、泣いちゃうんだろうと思ったら宇佐見までせつない。

「うそだよ。ともだちなんかじゃないよ。セックスまでは、考えたことなくても、ほんとは、キスとかは、したかったの。……してほしかったのっ！」

「……うん」

「あたしだけかわいいって、きれいって、言ってほしかったの。ずっとちっちゃいころみたいに。芽衣ちゃんのお姫様《ひめ》でいたかったのに、……芽衣ちゃんもやっぱり、誰《だれ》かのお姫様になっちゃうんだって、わかってなかった」

うん、とうなずいて宇佐見は横にしゃがみこんだ。細い肩《かた》を震《ふる》わせて、痛そうに、寒そうにしている秋月の肩をそっと叩《たた》いて、わかるよと言葉なく告げた。

彼女たちのつながりの、全部を知っているわけではむろんない。けれども、幼馴染みでずっと一緒《いっしょ》にいたというだけでも、矢野と宇佐見のそれになぞらえることは容易だった。

（ちゃんと、わかってるよ）

そして、そんな関係がある以上、まして相手にその気がない以上、抱《かか》えこんでいる気持ちがどれだけ重たいのかも、宇佐見は誰よりも理解できると思う。

言葉にはしなかった気持ちは、手のひらから伝わっただろうか、秋月は痛々しいような顔を宇佐見に向けて、真っ赤な目のまま言った。

「ウサは、いいなあ。きちんとそういうの自覚できて羨《うらや》ましかった。……ねえ怖《こわ》くない？　同じ性別のひと好きになるの怖くなかった？」

「ゆりちゃん」

べつに宇佐見の答えを欲《ほっ》してはいなかったのだろう。秋月は濡《ぬ》れた目でけらけらと笑った。彼女が壊れてしまうのではないかと、一瞬《いっしゅん》ぞくっとするような乾《かわ》ききった笑いに、宇佐見はとっさに細い肩を捕《つか》まえる。

だが、濡れた目で宇佐見を見た彼女のなかには、聡明《そうめい》だからこそラインを越《こ》えられない苦しさがあるだけだった。

「あたし、かっちょわるいよねーっ。そういうのきちんと考えることもできなかったんだ。そんで、適当に寝《ね》て適当に遊んで、わかったつもりで、……全部、そういうのも芽衣ちゃんに喋《しゃべ》ってさあ。そんなことにいまさら、気づいたって、どうしようもないよ」

秋月の痛みは、宇佐見にも覚えがあった。だから薄《うす》い肩をそっと抱きしめて、きれいな長い髪を失った頭を何度も撫《な》でた。

「芽衣ちゃんのこと、どうでもよければよかったよ」

「そんなこと言っちゃだめだよ」

「なんでよ！　そしたらもっとさっさと、キスだってなんだってしちゃったよ。あたしだけにしてって、そうやって、言えたのに……！」

うわあああん、と秋月は泣いた。宇佐見はつられて泣きそうになりながら、大事なともだちをじっと抱きしめた。

「だめだよ、ゆりちゃん。そんなこと考えるのは、だめだよ」

お願いだから全部、大事だった気持ちまで否定しないでくれと、宇佐見は秋月の髪を撫でる。

「おれも、怖かったよ。すごい怖かった。……あいつも、芽衣さんと同じで、昔から仲良くて、ずっと、中学のときから、ともだちだったんだ」

大事なともだちだったんだと、宇佐見は震えそうな声をこらえて秋月に言い聞かせる。

「だから、いまでもすごく、怖い。おれのカレシ、引きずりこんじゃったかもしんないって、すごい、怖い。好きで、すごい好きだったから、怖いの、我慢《がまん》したんだ」

「うー……っ」

「でもきっとそれ、誰でも一緒だよ。性別とかじゃなくって、……きっと一緒だよ」

周囲にいるひとたちのなかで、ほんのちょっとだけ、数が少ない。それだけですごく追いつめられた気分になることなんか、たぶんこういう恋愛の形だけではなく、たくさんあるはずだ。

そう思っていなければ、自分で自分を否定したら、本当に崩《くず》れてしまう。だから宇佐見は必死で、ふつうのことだよと繰《く》り返した。

自分自身にも言い聞かせているような、そんな強さで秋月をなだめ続けた。

「変なふうに考えちゃだめだ。あとねっ、失恋《しつれん》したほうがいい女になるからっ」

「あたし、失恋したの？」

「うん。そう。失恋したの、ゆりちゃんは」

じゃあ泣いてもいいかなと言うから、いいよと言ったら宇佐見が泣いてしまった。

「なんでウサが泣くのよおっ」

「わ、わかんない。わかんないけど、ここ泣くとこっしょ？」

「知るか、ばかっ」

そうして抱きあったままわんわんと泣いて、道行くひとに奇異《きい》な目で見られてもかまわないと声をあげた。

ぴったりと身体《からだ》をくっつけているのに、秋月のやわらかく豊満な胸が身体に押しつぶされているのに、少しもセクシャルな気持ちにはならなかった。むしろ、同じくらいの体温には、もっとずっと幼いころに覚えたような、純度の高い共感と安堵《あんど》だけがあった。

「うわーん、ゆりちゃん可哀想《かわいそう》っ」

「うわあん。あたしかわいそおっ」

しまいにはそうして大泣きしているのがおかしくなって、げらげら笑ってまた泣いた。気分に同調してしまって、べそべそしていると、秋月は洟《はな》をすすりながら問いかけてくる。

「ねえ、なんでウサがそんなに泣くのよう」

あんたそこまで泣くことないでしょ。化粧《けしよう》の剝《は》げきった顔で、それでもきれいな目で問われて、言うつもりのなかった言葉が溢《あふ》れだした。

「だ、だって……お、おれもカレシにふられちゃうかもしんないからっ」

「うそ、なんで」

とたん、びたっと秋月は泣くのをやめる。女の子に特有のものだが、不思議に彼女たちは自分より痛みを覚えている、弱い立場にあるものの前になると、がぜん強くなる。

「なにそれ、なんでウサがふられんのっ。こんな、いい子なのに！　かわいいのに！　それ、どこの誰よ！」

「うう、ありがと」

いきなり怒りだした秋月にべそべそしつつ、宇佐見は「まだわかんないんだけど」と声を小さくする。

「あ、あいつ、大学、遠くに行くんだって」

「だから別れるって言われたの？」

「ううん。どこの大学行くかも、ちゃんと教えてもらってない。おれも、訊《き》いてない」

「なにそれ」

どういうこと、と秋月はマスカラのはげた目をぐいとこすって問いかけてくる。

「わ、わかんないんだけど。噂《うわさ》だけだから。でもスポーツ推薦《すいせん》で、鹿児島とかの大学、行っちゃうかもしんないんだって、家も出るって、言ってたし、間違《まち》いないんじゃないかな」

「噂って、ちゃんと確認《かくにん》すりゃいいじゃない」

「しようって、思ったよ。でも、きっちり決まってから言おうと思ってたって。でも、言うとおれが、おこ、怒るかもしれないから言えないって……っ」

いまのいままで、秋月を気遣《きづか》うあまり忘れていたことを思いだし、一気に悲しくなってしまった宇佐見はぼろぼろと涙《なみだ》をこぼしてしまった。

「おれ、遠距離《えんきょり》とか自信、ないよ。いまでも、一緒にいてもこんな寂《さび》しいのに、そんなの絶対できないよ」

情けない本音を吐露《とろ》すると、ぶわっとまた涙が出た。くだらないことで悩《なや》むなと言われそうなそれでも、宇佐見には切実だったのだ。

近所に住んでいてさえあんなに遠い矢野なのに、物理的に離《はな》れたらもう、不安しか残らない気がしてしまう。もっともっと見苦しい自分になって、本当にきらわれかねなくて——それが怖くて、やつあたりしたのだ。

「それで、け、けんかして。おれ、もう別れるとかって言っちゃって、ひ、ひっぱたいて。でも追っかけても、くんないし、む、無視され……っ」

「ウサ……」

「もう、ふられるかも、しんない」

さっきとは反対に、今度は秋月が宇佐見の髪《かみ》を撫でてくれる。やさしい手つきに涙が止まらなくなって、すごくかっこわるいと思うけれども、もうお互《たが》いさまだからいいかなと思った。

「ご、ごめ、ね。ゆりちゃん、なぐさめるつもりだったのに、おれ」

「いいよ、いいよ。そんななのに、つきあわせてごめんね。……ごめんね」

おたがいに、よしよし可哀想、と言ってめそめそと泣いた。端《はた》から見れば、道ばたにしゃがみこんだ若い男女が泣きながら慰《なぐさ》め合っている図はどう考えても変だとわかっていたし、ひとによってはばかじゃないかと罵《ののし》られるかもしれないなとも思った。

けれど、いまの秋月には宇佐見の慰めが必要だったし、反対もまたしかりだった。

だからふたりはしっかり手を握《にぎ》りあって、いいかげん気が済むまで、渋谷のまんなかで、わんわんと泣き続けたのだ。

＊　＊　＊

「あったま、いたい。泣きすぎた」

「おれも」

泣くのに飽《あ》きたのは、結局芽衣の披露宴会場《ひろうえん》から出て一時間ほど経《た》ったころだった。

失恋に対して一時間の涙というのは、長いのか短いのかわからない。けれどほどよくクラブも開く時間になり、しゃがみっぱなしの足も痺《しび》れて疲《つか》れたところで、すっくと立ちあがったのは秋月のほうだった。

「飲もう、ウサ！」

「うえ？　どこで？」

「IDフリーのクラブあるから。そこ、たぶんあたし顔きくから、こうなりゃ飲もう！」

その前に化粧を直すと、ぼろぼろになった顔を公衆トイレで作り直した秋月は、目がまだいささか赤い以外にはもう涙のあとなど見えなかった。

「女子はいいよね、メイクで隠《かく》れるし」

「ウサちゃんは赤い目でもかわいいから、いいじゃん」

「やーめーてーくーれーっ」

うにうにと涙にむくんだ顔を好き放題いじられて、宇佐見は情けなく笑う。それでも化粧直《けしょうなお》しをしたあとの秋月は、いつものようにすっきりとした彼女に戻《もど》っていて、それが嬉《うれ》しかったから、好きなようにいじらせておいた。

（誰《だれ》かに、言いたかったのかな）

芽衣に失恋した事実もさながら、たぶん彼女はそれが恋《こい》だと認めることも、誰かに言うこともできないでいたのだと思う。宇佐見はたまたま、城山となんとなくなるようになったせいで、少しばかりは気が楽になった部分もあったけれど——秋月はきっとひとりきりだったのだ。

「んで、どこ行くの？」

「んーと……あそこならOKだと思う。ワン・アイド・マリア」

「え、でもあそこってお高くない？」

価格の問題ではなく、客層の問題だが、及《およ》び腰《ごし》の宇佐見に秋月は「平気」と手を振《ふ》った。

「言ったじゃん。顔パスのとこだって。今日たしかイベント日だし、だいじょぶだよ」

「なら、いいけど」

本当は、渋《しぶ》った理由は『お高さ』ばかりではなかった。あの場所はそもそも城山に教えられた店であるというのが、宇佐見の足を遠のかせる一因であったのだ。

——クラブ？　そういうところ、よく行くのか？

いつかの矢野の言葉が、頭にふわりと浮《う》かんだ。城山とのことを知ってしまって以来、どこかしら宇佐見の夜遊びに関して心の狭《せま》くなっていた彼の言動を、あの日はただ嫉妬《しっと》と捉《とら》えて、少しだけびくびくしながらも嬉しかったことまで思いだす。

(でも、もう、いいんじゃん。おれ、無視されたじゃん)

こんな状態でもまだ矢野のことを気にしている自分が、なんだか主体性のない人間になった気がした。どうでもいいじゃないか。どうせふられたんだから、かまわないじゃないかと何度も胸の裡《うち》で繰《く》り返し、宇佐見は秋月にうなずいてみせる。

(今日はとことん、ゆりちゃんにつきあうって決めたから)

それでも、心のなかにいまだにくすぶる矢野への罪悪感に似た感情は、秋月への友情という理由で無理やり押し殺した。

「うん、いいよ、行こう」

「わかった。タクっちゃおか」

ただ、財布《さいふ》の中身ばかりはいささか不安が残るが、ここは秋月に任せようと思う。

渋谷の駅からは少し遠いため、タクシーを使って乗りつけたそこでは、相変わらずの片目のマリア像がゴシックな雰囲気《ふんいき》を醸《かも》しだしていた。

通常営業のときには二十歳《はたち》未満お断りになるIDチェックの厳しい店ながら、ライブイベントなどのある日は、出演アーティストの客層によってチェックがゆるくなる。むろん建前は、未成年にはノンアルコールとなっているけれども、そこまでやかましく言ってはやっていられるものではないらしい。

「ウサ、こっちこっち。テーブル空いてた」

「ん、ありがと」

するすると人混みを抜《ぬ》ける秋月に、まだいささか気後《きおく》れのする宇佐見はついていくしかできない。なんとか落ち着ける場所を見つけると、キャップをかぶったバーテンにカクテルをふたつ注文した。

「んじゃ、とにかく乾杯《かんぱい》」

「かんぱーい」

なにに、とは言わないまま、さきほどの反動で妙《みょう》にハイになったふたりは一気にグラスを干す。ジンベースの、口当たりはいいけれども強いそれにくらくらしつつ、宇佐見は深く息をついた。

「あー、ひさびさだから、きく」

「ほんとに遊んでなかったんだね。……ってことは、半年は彼氏とうまくいってたんだ？」

「ん、まあね」

次いくぞ、とがしがしおかわりを頼《たの》む秋月の突《つ》っこみに苦笑《くしょう》して、宇佐見は言葉を濁《にご》した。

（まさか相手が、トモだとは思わないよなあ）

隣《となり》に並び立っていてさえ、不思議な顔ぶれだと言われるくらいだ。接点を見つけることもむずかしい矢野と宇佐見が、よもやそういう仲だなどと、誰も想像もしないのだろう。秋月相手にいどこかシニカルな笑いが浮かぶのを、宇佐見はこらえようとは思わなかった。

まさら、なにを隠してもしかたないと、そんな気分だったのかもしれない。

「ここ城山さんに教えてもらった店だから、彼氏のこと考えると、なんとなくね」

「ああ、そっか。そりゃ、来づらいよね」

城山の名を出すと、秋月は多少複雑な顔をしてうなずいたあと、気分を浮上《ふじょう》させるためにか少しおどけた声を出す。

「そういえばあたし、ここでもどこでも、よくあいつに会うんだよねー。なーんか、あたしが顔だすタイミングに限っているんだわ」

「あは、そうなの?」

「うん。行くさきかぶってんのかもしんない。まあ、あいつも顔広いけど」

うんざり、という顔を作る秋月に、宇佐見はあえてにやにやと笑ってみせた。

「磁石みたいに引きあってたりして。運命の恋人《こいびと》なんちゃって」

「ぎゃーっ、やめてーっ! あいつとだけは死んでもいや! 病気うつされそう!」

ひどい言いざまながら、否定はできないと宇佐見は笑ってしまった。

はじめて寝《ね》てしまった同性の先輩《せんぱい》は、悪いひとではないが口が軽くて、おまけに秋月ともっきあっていたことがあったのだそうだ。その際に、宇佐見をぱっくりいただきましたということまで彼女に教えてくれていたらしい。

そのおかげで、矢野に宇佐見がバージンではないことが間接的にばれてしまったわけだったけれど、誰を恨《うら》んだこともない。

「ねえ。ウサは、城山が最初だったんだよね？」

「あー、まあ、うん。勢いでね」

「勢いか。……勢いついたら、そういうのもありだったのかな」

「ゆりちゃんが？」

「うん。ぶっちゃけさ、そっちのおねえさまから誘《さそ》われたこと、ないわけじゃなかったんだ」

そうだろうなと宇佐見はうなずく。こうしたクラブでは案外、モラルの面ではルーズな連中も集まりやすいし、そのなかでも秋月は群を抜いて目立つ存在だった。

さほど背は高くないけれども、胸も尻《しり》もきれいに張って、理知的な印象なのにどこかやわらかい隙《すき》がある。端的《たんてき》に言えば、まだ十代なのに妙に色気のある、抱《だ》いてみたいと思わせる、そんなタイプなのだ。

それでいて学校では、すっきりした優等生の仮面を身につけ、夜の街での気配などみじんも覗《のぞ》かせないからたいしたものだと思う。

「たぶん、あたしも城山と一緒《いっしょ》なんだよね。だからあいつとはずっと、楽ちんだった」

「どっちでもいい、ってこと?」

「うん。でもウサもそうだよね」

こっくりとうなずく。たぶん城山や秋月と同じで、宇佐見もまた恋愛《れんあい》の対象に性別での区分がないほうだろう。

「でも、きっとあたし芽衣ちゃんとは寝られなかったよ」

「ん。そっか」

「大事だもん。大事だから、そういう変な感じとか、見せたくないし、見たくない。……ああ、やだな。あたしなに処女みたいなこと言ってんのかな」

あはは、と苦笑する秋月に、宇佐見は黙《だま》ってかぶりを振った。

「おれも、それ、ときどき思う」

「そう?」

「うん。カレシとエッチするとね、いつもは嬉しいんだけど。ときどき、……なんか意味もなく、怖《こわ》い」

だが、そういえば矢野はどうなのだろうな、とふと思った。

むろん宇佐見を抱いてもいるわけだから、男がOKなのはわかる。けれど彼のそもそものセクシャリティは、いったいどういう位置づけになるのだろう。

(あんま、そういうのも考えたことなかったな)

むしろ、意識的に考えないようにしていたのかもしれないと思う。

矢野は、宇佐見がはじめてだと言っていた。つまりは女の子も知らないまま、男の自分を抱かせてしまったことに、なにも罪悪感を覚えないと言えば嘘《うそ》になる。

そのくせ、あのストイックな彼が宇佐見以外知らないことに、後ろ暗いような独占欲《どくせんよく》を満たされているのも事実だから、なおのこと考えたくなかったのかもしれない。

「ほんとに、よかったのかなって、考えちゃうから、怖い」

「……そっか。そうなのかもね」

むずかしいね、と秋月は呟《つぶや》いた。むずかしいよと宇佐見もうなずいた。

しばし沈黙《ちんもく》したまま、何杯《なんばい》めかのカクテルをすすっているとふたり同時にため息がこぼれて、思わず笑った。

「あーあ。なんかおれら、ばかみたいだね」

「うん、ばかみたい」

「――そうかあ？」

突然《とつぜん》会話に割って入った声に、宇佐見も秋月もぱっと振《ふ》り向いた。そこには、へらっと笑った長髪《ちょうはつ》の青年が、いつの間にか立っている。

「城山先輩……っ」

「ぎゃ、出た！」

「よ、ひさしぶり」

噂《うわさ》をすればなんとやらの状態に、宇佐見と秋月はぎょっと顔をひきつらせた。だがそんな後《こう》輩《はい》らのいやな反応にもかまわず、すらりとした上背の城山は、相変わらず甘ったるい顔立ちにやわらかく軽薄《けいはく》そうな笑《え》みを浮《う》かべている。

「あんた、いつからそこにいたの⁉」

「んん？ 宇佐見のお初は俺が食っちゃったのよねーん、のあたりから？」

うわ最低、と秋月は舌打ちをする。それではほとんど会話の内容を聞かれてしまったということだと、宇佐見もさすがに顔をしかめた。

「立ち聞きはよくないでしょ、先輩」

「だって聞こえちゃったんだもん。つか、俺の遊び場よ、ここ？ いてもいいでしょ」

ぽんぽんとふたりまとめて頭を叩《たた》いてくる城山は、悪びれていない。秋月は、ずっと隠《かく》していたことを盗《ぬす》み聞きされたことに相当不愉快《ふゆかい》なようで、城山の手を乱暴に振《はら》り払った。

「いやはや、おまえら、まじめだよねそういうとこ。すげえ、青春の甘酸《あまず》っぱい悩《なや》みって感じで、俺感動しちゃった」

茶化すような言いざまに、秋月はさらに目をつりあげる。

「城山にはわかんないよっ」

「なによー。そんな思いつめなくてもいいじゃんよ。俺がまとめて抱いてやるよ？ どうせおまえら姉弟《きょーだい》じゃん」

おまけに状況《じょうきょう》もわきまえず、あっけらかんと最悪なことを言った城山に、宇佐見と秋月は目をつりあげた。

「最低！　いらないっ」

「しなくていいですっ、先輩、下品！」

「えー。宇佐見と秋月で3Pやったら超《ちょう》よさげなのに」

けろりと軽いからいやらしさはないが、それだけに聞き捨てならないと秋月は激昂《げっこう》する。

「やるんならウサとふたりで仲良くやるわよ！　あんたなんかいらない！」

「いや、ゆりちゃんそれもちょっと」

話の方向が変だという宇佐見の失笑は秋月には届かなかった。

「だいたい、んなこと言って本気から逃《に》げてるやつに、なにも言われたくないっ」

秋月がずけっと言い放つと、城山はなぜか一瞬虚《いっしゅんきょ》をつかれたような顔になった。秋月も、適当なことを言ったつもりだったのだろう。妙《みょう》に反応の鋭《するど》い城山に首をかしげている。

「なに、あんた。ほんとに本命とかから逃げでもしてんの？」

「べつに、そんなんじゃ、ねえよ」

「ていうかさ、最近、ウサもだけどあんたも顔見せなかったじゃん。俺のシマとか言ってたくせに。ここんとこ、なにしてたの」

「なに、って……べつに」

否定しつつも城山の目は泳いでいる。どこかその顔に焦《あせ》ったような色が浮かんでいて、宇佐見が怪訝《けげん》に顔をしかめた、そのときだった。

「晃司。いつまでそのかわいこちゃんらばっか、かまってるわけだ」

ぞくっとするような低い声が、気だるそうな響《ひび》きを伴《ともな》って流れてくる。もっとも過敏《かびん》に反応したのは城山で、宇佐見と秋月は「誰《だれ》？」と顔を見合わせた。

「先輩《せんぱい》、どうかしたんすか？」

「あ、いや……なんも、ない、けど」

「そうだな。なんでもないよなあ？　晃司」

ふらっと現れた男は、矢野に匹敵《ひってき》するくらいには背が高かった。だが矢野のあの、清潔で張りつめた雰囲気《ふんいき》とはまったく方向を真逆にしたような、危険な空気が漂《ただよ》っている。

「俺との約束すっぽかして、遊びに来るくらいだ。風邪《かぜ》引いたとかなんとか聞いたが、えらく元気そうだしな。どこの、誰が、誰と3Pだって？」

「え、いや、それは冗談《じょうだん》……」

一歩、男が足を踏《ふ》みだしたとたん、城山はひくりと息を呑《の》んで硬直《こうちょく》し、どこか弱々しいような声を発した。

「ていうか、あんた、なんでいるの」

顎《あご》を引いて、かすかに震《ふる》える城山の、聞いたこともないような声に、宇佐見は驚《おどろ》いてしまう。

（あれ……？　どうか、したのかな）

さきほどまで、宇佐見と秋月をからかって遊んでいた人物とはとても思えないその頼《たよ》りなさに、宇佐見はなんだろうと首をかしげる。秋月も似たような顔のまま、いったいなにがどうしたのかと、なりゆきを見守るしかない。

「なんで？　なんでだろうな。おまえがちょろちょろ逃げ回るから、かな」

うっすらと微笑《ほほえ》んだ男の唇《くちびる》の左上に、ぽつんと小さなほくろがある。それが動くのがやたらに色っぽく、怠惰《たいだ》な雰囲気があった。

男の見た目は野卑《やひ》な印象のない、なめらかにすっきりと整った顔をした、大変な美形だった。肩幅《かたはば》は広いがどちらかといえばやせ形なのだろう。体格だけで言えばそうマッチョなタイプでもないのだが、そのくせ妙な凄味《すごみ》と迫力《はくりょく》があって、そこにいるだけで圧倒《あっとう》される。

（なんか、怖くね？）

（怖いっていうか、やばい？）

目で会話した秋月と宇佐見は、呑まれたように立ちすくみ、無意識のまま身を寄せた。たぶんこれは、一介《いっかい》の高校生が関《かか》わっていい人種ではない。暴力のにおいなどはしないけれど、ひととしてかなり危険なタイプだと、本能的にふたりは悟《さと》った。

「いいかげん、世話しに来いっつってんだろ。バイト、途中《とちゅう》で投げだしやがって」

「いや、だってあの、あれは……っ、風見《かざみ》さん！」

ちろりと城山の耳を噛《か》む、男の首筋がやけになまめかしかった。真っ黒なシャツも細いプラチナのチェーンも彼に非常に似合っているが、似合っているだけに洒落《しゃれ》にならない。

（え、エロすぎる）

これはもう、人種が違《ちが》う。城山も宇佐見らから見れば充分《じゅうぶん》に遊び人の部類にはいる男だったけれども、それより十は年上そうな風見と呼ばれた男は、色悪《いろあく》というにふさわしい。

なにより、耳を噛まれただけで硬直した城山の赤い顔に、宇佐見は驚愕《きょうがく》を隠せない。

大学生の彼は、自分よりもずっと大人のように思えていた。けれど、風見の前ではてんで、借りてきた猫《ねこ》のようにしか見えない。

「うちのコーギー、おまえになついてんだよ。おかげでメシも食いやしない」

「だっ、そりゃ、風見さんがほっとく、からっ……」

（え、コーギー？）

そのひとことに、いつぞやか城山が、やたらおいしいバイトがあると楽しげに言っていたのを宇佐見は思いだした。

――留守にするから、その間面倒《めんどう》見てくれって言われてさあ。朝晩メシ食わせて散歩すればオッケーなの。

それで日当五千円、と自慢《じまん》げに言っていたのは去年の冬のことだが、城山の雇《やと》い主は、目の前の男だったらしい。

「あんまり餓《う》えさすと、なにすっかわかんねえぞ。なんだかんだ、あいつらも狩猟犬《しゅりょうけん》だからな。……あんまり言うこときかねえなら、ここにバター塗《ぬ》って舐《な》めさせてやろうか？」

「なっ、やっ……しゃ、洒落になんねえこと、言うなよ！」

にやりと笑った風見の、いやらしく身体《からだ》を撫《な》でながらの発言に城山は青ざめ、秋月は目を丸くし、宇佐見は「うひー」と呟《つぶや》いた。

（なんか、すごい。おれの知らない世界がある）

犬の散歩で五千円。妙に気前のいいバイト相手だなと思っていたのだが、どうやらそれは犬の世話のみならず、風見の下半身の世話もコミ、ということだったようだ。しかも相当過激な行為《こうい》も含《ふく》むのではなかろうかと、あまりに濃《こ》い発言に腰《こし》が引けつつ宇佐見は思う。

「犬に舐められんのがいやなら、さっさと来い」

「あ、あんたがそんなだから、もういやなんだろ……っ！」

「いやだあ？　なにがいやだよ」

ぐい、と背後から片手で顎を掴《つか》む、傲慢《ごうまん》な手つきさえもよく似合っていた。そばにいるだけで肌《はだ》が粟立《あわだ》つような迫力に、宇佐見と秋月の脚《あし》はじりじりとうしろに下がっていく。

「このうえなく大事にしてやってんだろうが。おまえにイラマチオさせたこともねえし、スペルマ飲ませたこともねえし、うしろは処女だって言うからさんざんよくしてやったろう」

「言うなーっ！　あんたなんでそう下品なんだ！」

言うことは言うくせに、言われるのは苦手らしく城山はぎゃーっと声をあげる。見たことのない取り乱しぶりに、秋月と宇佐見はひたすら呆《ほう》けていた。

「下品？　下品なんてのはこんなもんじゃねえだろうが。……本気、出されたいか、おい」

「いっ、いらない」

「頭とおんなじに、この小さいケツ、ゆるくしてやろうか……？　はめっぱなしで、朝まで」

風見の低音の美声には下卑《げび》た響きはなく、むしろ品格さえも感じられた。だからこそか、あまりにも露骨《ろこつ》で過激な単語が強烈《きょうれつ》なインパクトをもっている。

そしてたぶん、ただの脅《おど》しではなく彼はそのすさまじい発言を実行もするのだろう。宇佐見がぼんやり想像していると、案の定城山が怯《おび》えた声を発した。

「や、やだよ……！　あんたほんとに朝までやるからっ」

「おまえがくわえこんで離《はな》さねえんだろうが。ほんとにこっちは初物だったのかって、信じられたもんじゃねえよ」

「ひっ」

ぱしんと尻《しり》を叩《たた》かれ、城山はひくっと息を呑んだ。そして風見の、すらりとしてはいるが大きな手にそのまま尻を鷲摑《わしづか》みにされたというのに、硬直するばかりで抵抗《ていこう》もしない。

（やる？　やるってなに？　あれ？　これ誰？）

か細く声を震わせ、赤くなってうろたえる城山など見たこともない。いま目の前で、やたら可憐《かれん》な反応をする先輩を凝視《ぎょうし》して、宇佐見は呆けてしまった。

「……あれ、誰？」

思わず呟いた秋月の声に、宇佐見もこくこくとうなずいた。そして呆気《あっけ》にとられる後輩《こうはい》ふたりの目の前で、身を縮める城山のシャツのなかに、風見はいきなり手を滑《すべ》りこませる。

「いいかげん素直《すなお》になっとけ。俺は面倒《めんどう》な相手は好きじゃねえんだ。あんまり、いらっとさせんな」

「あ！」

びくんと震えた城山が纏《まと》う薄《うす》い布の下で、なにが行われているのかは一目瞭然《いちもくりょうぜん》だった。いいように乳首《ちくび》をもてあそばれ、城山はもう逃《に》げ場もないように目をきつく瞑《つぶ》って、風見の広い肩《かた》に顔を伏《ふ》せる。

「風見さん、やめ……やめて、ください」

「じゃあ今日はうちに来い。……いいな、晃司？　ん？　いつまでもウダウダ言ってると、ここにいる三人まとめて犯《おか》すぞ」

「や……っん、あ、ん！」

あまりのことにフリーズした宇佐見と秋月は、男の腕《うで》がシャツの下でもぞりと動いた瞬間《しゅんかん》、たしかに甘ったるい、あえかな声を聞いた。

(あんって言った！)

(いま城山さん、あんって言った！　いや、ってあえいだ！)

いろいろな意味でカルチャーショックを受けて、知らず赤面したまま秋月と手を握《にぎ》りあっているると、ぐったりした城山の尻を鷲摑んだ風見が「おい」と尊大な声を発する。

色気と凄味の双方《そうほう》すさまじい目に見据《みす》えられ、宇佐見と秋月はびくっと飛びあがった。

「そこのちびっこ、もう帰りな。おまえらがいると、こいつがよけい素直じゃねえ」

「ははははは、はいっ」

「お邪魔《じゃま》しました、もう来ません！　ええもう、それは好きにしてください、はい！」

視線だけでざわっと背筋が総毛立ち、宇佐見は硬直《こうちょく》して声を裏返した。秋月はぶんぶんと首がもげそうなほどにうなずいて、顔を見合わせるなりふたり同時に地面を蹴《け》る。

「あ、こ、こらっ、百合！　宇佐見、待て、まって！　助けろ！」

脱兎《だっと》のごとく手に手を取って逃げだしたふたりに、城山の悲鳴が聞こえた。けれど宇佐見の手を握った秋月は「ごめんねっ」と叫《さけ》ぶ。

「あたし、そのお兄さんといたら間違いなく明日には妊娠《にんしん》するから、逃げる！　あんたがんばって孕《はら》んでちょうだい！」

「て、てめえ百合！　ふざけんなあっ！」

秋月のすさまじい言いざまに宇佐見は噴《ふ》きだしつつ、小さな手を引っぱってひたすら走った。

勢いのままに出口を飛びだし、振《ふ》り返ればライトアップされた片目のマリアがうっすらと微笑《ほほえ》んでいる。なにもかもを許容するような不思議なオブジェを見あげ、呆然《ぼうぜん》としたままの宇佐見は、混乱しきりの秋月の声を聞いた。

「え、えっとさ……あれってそうだよね」

「そうだよねってええっと、そうだよね？」

宇佐見と秋月は突然《とつぜん》、あの淫靡《いんび》な世界から取り残されたような気分を持てあまし、呆然としたまま顔を見合わせる。

遊び人で、飄々《ひょうひょう》として食えなくて、まあそれでもいろいろやさしいところもあったあの先輩《せんぱい》は、やはり宇佐見と秋月にとっては年上の、大人のようにも思えていた。

だが風見という、本当の大人の手のなかで、まるっきりころころと転がされてもいるようで。

「やられたんだよね、城山さん」

「だよね。うわー、なんかいろいろ奥深い」

なんかセンチな気分も吹《ふ》っ飛んだ、と秋月はため息をつき、宇佐見も同意だとうなずいた。

「あ、あたし、なんか、強く生きられそうな気がしてきた」

「よ、よかったね」

毒をもって失恋《しつれん》を制してしまったと、ふたりは遠い目で呟いた。そしてなんとなく、つないだ手が離《はな》せないままで、くすくすと笑いながら歩きだす。

「ああ、もうなんかいろいろどうでもよくなったよ」

「そっか?」

「うん。……ウサもさあ。彼氏と、仲直りできるといいね」

それはどうかな、と眉《まゆ》を下げ、けれどそうできたらいいなあと、少し素直に思えた。

秋月ではないけれども、あまりにインパクトの強い風見の出現に、宇佐見も毒気を抜《ぬ》かれてしまったようだ。

「謝るだけは、謝れるかな」

「うん。がんばりなよ」

あまり自信はないが、呟くように言うと秋月がしっかり手を握って、そのまま前後に揺《ゆ》らしてくれる。

「ふられたら、ゆりちゃん、なぐさめてくれる?」

「いいよ。今度こそホテル行くか?」

少しも本気ではない誘《さそ》いに、いいねと宇佐見も笑ってみせた。

ふたりはそのまま、夜の街をぶらぶらと歩いた。けばけばしいネオンや、あやしげな暗がりはいつもと変わらないのに、ふだんのようなむなしい気分には少しもならなかった。

秋月の手とともに、子どものようにやわらかな連帯感だけを握りしめている時間は、不思議なやさしさを宇佐見の胸に満たしてくれる。

ビルの隙間《すきま》から見あげた都会の空はグレーに濁《にご》っているけれども、その四角く切り取られたような夜空の上に、ぼんやりけぶった月があった。案外東京でも、月の姿は大きく見えるものだなと思っていると、同じように空を見た秋月がきれいなメロディを口ずさむ。

「ん？　それ、なんて曲だっけ」

「フライ・ミー・トゥ・ザ・ムーン。……昔ね、芽衣ちゃんと一緒《いっしょ》に弾《ひ》いたの」

とてもかわいいラブソングなのだと、微笑みながら秋月は言った。

やわらかな笑《え》みで語る思い出に、まだもう少しは痛みが伴《ともな》うかもしれないけれど、もうきっと彼女はだいじょうぶだろう。

(おれは、どうかな)

あの冷たい目をした矢野に、声をかける勇気は出るだろうか。秋月のきれいな声で奏《かな》でられるメロディを耳にしながら、宇佐見は冴《さ》え冴《ざ》えとした月のような、矢野の姿を思いだしていた。

＊　＊　＊

深夜になり、こっそりと帰宅した宇佐見は親に見つからないよう自室へと滑りこんだ。

半年前には慣れたものだった、夜遊びからの帰還《きかん》。少しばかりひさしぶりでどきどきしたものの、基本的に暢気《のんき》な家族はこういうときにあまり詮索《せんさく》もしない。

翌日は日曜日であったけれど、父親はたぶん早朝からゴルフに出かけるし、母親は町内会のボランティアか、奥様仲間の集《つど》うカルチャースクールで、お花だか陶芸《とうげい》だか——という口実でお出かけし、お茶とケーキと井戸端会議《いどばたかいぎ》——にいそしんでいるはずだ。

（どうせ誰《だれ》もいないし、昼まで寝《ね》てればいいや）

とは思ったのだが、着の身着のままベッドに潜《もぐ》りこんだせいか、眠《ねむ》りは浅かった。だいぶアルコールは摂取《せっしゅ》したはずなのだが、いろいろめまぐるしかったせいもあるのだろう。

「のど、かわいた」

もそりと起きあがると、まだ時刻は昼前だった。しかし、家のなかはしんと静まり返っていて、予想どおり誰もいないらしいなと思う。

ひとりでよかったな、と思うのは、思うさま落ちこむことができるからだ。いつものように風呂《ふろ》にでも入って膝《ひざ》を抱《かか》えて、週明けからまた顔を合わせる可能性のある矢野の冷たい視線に対して、心構えを作ろうと思った。

もう、たぶん、ふられてもしかたないんだろう。

ここしばらくのことを冷静になって考えれば、矢野が自分に話をしなかったのももっともだと思えた。そもそも学力のレベルも違《ちが》いすぎ、あちらこちらからお声掛《こえが》かりの激しい矢野にしてみれば、彼自身がそれについて悩《なや》んでいる間は、性格上口に出すことはしないはずだ。

それに——宇佐見ごときでは進路のことについても、なんら有益なアドバイスはできない。

話をする相手にもならないだろうし、じっさい自分がなんの役に立つとも思えない。

（なんか、おれ、ずっとこんなことばっか考えてるな）

自分の卑屈《ひくつ》な発想に気づいて、宇佐見はふっとため息をついた。

気づかないつもりでいたけれど、やはり矢野に対して劣等《れっとう》感はずっと、あったのだろう。

ふつうの自分と、できすぎの彼と、比べられることもないくらいに違いすぎるそれが、やはり同世代の同性としては複雑だったのも事実だった。

それでも好きだった。プライドもどうでもよくて、ただばかみたいに好きだと思っていたいと、なにもかもに目を瞑《つぶ》るくらいには、好きだった。

（いまも、好きだけど）

でも、さすがにもうおしまいだろうなと、昨晩泣くだけ泣いて頭も冷えた宇佐見は思う。

あんな見苦しく鬱陶《うっとう》しい態度を取った相手など、ふつうはきらいになる。というより宇佐見が同じことをされたら、間違いなく、冷める。

（おれだって、あんなやつ、願い下げだよ）

事情も忙《いそが》しさも慮《おもんぱか》れず、かまってかまってとダダをこねる。まるで小学生以下だ。

本当にかっこわるいと思うし、いやなやつだなと自分に呆《あき》れた。

（おお、いじけてる……）

卑屈な考えに我ながら呆れて、乾《かわ》ききった笑いが浮《う》かぶ。だが、みんなそんなに潔《いさぎよ》く、えらく賢《かしこ》く清潔にばっかり生きてなどいないんじゃないかなと思うのだ。

男らしく雄々《おお》しく、すがすがしく。誰に迷惑《めいわく》もかけず、泣きもわめきもせず、嫉妬《しっと》もしないし取り乱さない、そんなふうに生きられたらそれはきっと、すばらしいだろう。

けれど、あの秋月でさえ、もろい自分をこらえきれていなかった。飄々として見えた城山だって、強烈《きょうれつ》な男に迫《せま》られたらグダグダで、みんなかっこわるいんだなと思ったら、ちょっとだけ宇佐見は安心したのだ。

「そうですよー、おれはだめだめくんですよー」

思わずひとりごとを呟《つぶや》いて、宇佐見は笑った。

たかが恋愛《れんあい》感情でいっぱいいっぱいで、自分の心ひとつコントロールできない。そして大好きな相手を結果、困らせて怒《おこ》らせた。

そんな自分が逃《に》げたところで、これ以上、多忙《たぼう》な矢野をわずらわせることもないし、きっとこれでいいのじゃないかとさえ思えてくる。

「でもちゃんと、謝らないとな」

大事な時期に宇佐見が振り回して暴れたせいで、きっと矢野はいらいらしただろう。それに関してだけはやっぱり、自分から謝るのが筋だと思う。

(また、無視されんのかな)

許してもらえなかったときのことを想像すると、ちょっとだけ洟《はな》をすすってしまうのは、とりあえず誰も見ていないから許してもらおう。

(あとでもちょっと、めそめそしよう)

手のひらで頰《ほお》をこすって、宇佐見はつんとする鼻をつまんだ。涙腺《るいせん》がゆるいのは昔からで、そういうところも自分は弱いなあと思う。

そういえば小学生くらいのころだったか、けんかして負けて泣くと、相手は『泣けばいいと思って』だの『みっともない』だのと追い打ちをかけてきた。でもあれは、泣いて許してもらおうと思ったわけでもなんでもなくて、ただ泣けてきてしまうだけだった。

強いひとにはきっと、弱さは見苦しいのだろう。理解もできないし、切り捨てて踏《ふ》みつけたいような醜《みにく》いなにかに見えるのだろう。でも宇佐見はそうして踏みつけられて、痛くて悲しかったから、できるだけ誰も傷つけたくはないし、自分も傷ついたりしたくないのだ。

優柔不断《ゆうじゅうふだん》とか八方美人とか、そんなふうにも思う。けれど、泣いた誰かの傷口に塩を塗《ぬ》って、それで自分の優位に悦《えつ》にいるような生きざまだけは、したくないからしかたない。

(トモは、そういうの、ないけどさ)

矢野をもっとも好きだった部分のひとつが、弱者を踏みにじらないという点にあった。自分ができすぎてしまうからといって、それをできない人間を見下さないし差別しない。その、どこまでもすがすがしいような彼の姿勢が、本当に大好きで——そんな彼にやさしくされるのは、本当に本当に、嬉《うれ》しかった。

だからきっと、間違えたのだ。甘やかされて、わがままになった。言わなくていいことや、押しつけなくていい気持ちを押しつけて、勝手に怒って切れてしまった。よりによって誰よりもきらわれたくない相手に、誰にもしたことのないほどいやなことを、してしまったのだ。それもこれも全部、自分がばかだったからなのだけれど。

「あ、やべ。また泣く」

ずび、と洟をすすった宇佐見は皺《しわ》だらけになったボトムをとりあえず脱《ぬ》ぎ捨てた。好きなだけうじうじしたら、とりあえず携帯《けいたい》の電源を入れて、ごめんなさいのメールを書こう。もちろん、もし矢野が口をきいてくれるなら、せめて直接謝って、それで引導を渡《わた》してもらえばいい。

それで次からはもう少し、相手のことをちゃんと考えられる恋愛ができればいいなと思う。

(ていうかその前にどうやって謝ろう……)

失恋気分に浸《ひた》るより、怒ると怖《こわ》い矢野への謝罪方法を考えるのがさきだ。少しクールダウンしようと、宇佐見は下着のうえにTシャツをひっかけただけの格好で台所におりて水を飲む。

(携帯、着信拒否《きょひ》されてたらへこむかなあ)

自分は電源ごとぶっつり切っているくせに、そんなことを考えるのもいささかずるいのか。けれど、かかってこないだけではなく、かけて拒否されるのが怖くて電源を入れていない、という情けない本音もあるのだ。

(ゆりちゃんは、ちゃんと自分で終わりにできたのにな)

こういうところが自分はだめだなあ、と宇佐見は思う。寝癖《ねぐせ》のついた頭をかきつつぼんやり考えていたせいで、玄関《げんかん》のドアチャイムが鳴ったことにしばらく気づけなかった。

(ん？　ピンポン鳴ってる？)

妙《みょう》な勧誘《かんゆう》だったら面倒《めんどう》だ。そう思ってしばらくは放《ほう》っておいたのだが、チャイムは根気強く鳴らされる。

「めんどくっせーなー、もー」

最近、母親はテレビの通販《つうはん》にはまっているため、なにかの配達かもしれない。受けとっておかないとあとでお小言がうるさいか、とため息をつき、のろのろと宇佐見は立ちあがった。

まだなんとなく寝ぼけているのか、足下《あしもと》がふらつく。やっぱり風呂に入って寝直そうかな、などと考えつつ、無防備にも宇佐見はそのままドアを開いた。

「はあい、どちらさまですかぁ……っ」

首をうなだれ、くわあ、とあくびをしながらの挨拶《あいさつ》のおかげで、宇佐見は口を思いきり開けた代わりに、ドアを開ける瞬間《しゅんかん》目を閉じていた。そのため、まばたきあとの潤《うる》んだ視界に入ってきたのは、やたら大きそうな足に履《は》いたスポーツシューズだけだった。

「——俺だけど」

どちらの俺さまですか。一瞬ぼけた頭でそう返しそうになり、宇佐見がのろのろと顔をあげると、まさかの人物が立っている。

なんとなく、このパターンには覚えがあった宇佐見は、デジャブを感じて首をひねる。

「……あれ？」

「もう昼になるぞ。寝ぼけてるのか？」

なんだか、矢野がそこにいるような気がする。言われたとおり寝ぼけているのかと目をこすってみたけれど、あまり機嫌《きげん》のよくなさそうな顔も、見あげないといけないほどの長身も、たしかに彼のものでしかない。

「ト、モ？」

ほよんとしたまま宇佐見がまばたきをすると、矢野はかすかに眉《まゆ》をひそめ、なにかにおいをたしかめるように鼻を鳴らした。

「おはよう。ちょっといま、いいか」

「え、い……いけど、どしたの」

まだ状況把握《じようきようはあく》ができないまま、宇佐見はのろのろとドアから離《はな》れ、どうぞと促《うなが》した。しかし玄関のなかに入りこんだ矢野は腕組《うでぐ》みをしたまま、靴《くつ》を脱ぐ気配もない。

「あがんないのか？」

「ああ。おまえ今日、これから時間あるか」

「時間はある、けど。え？　なに？」

なにがどうして、矢野がここにいるのか、寝ぼけたうえに軽くパニックの宇佐見には、まったく理解できない。やはり昨晩飲んだアルコールがまだ、脳を鈍《にぶ》くしているのだろうか。

「ちょっと、つきあってほしいところがある。着替《きが》えてきて」

「え、あ、……うん？」

わかった、とうなずいて、まだなかば夢のなかにいるような気分のまま、自室へと引っこむ。そして着替えを引っ張りだし、もそもそとよれたシャツを脱いだところで、だんだん正気づいてきた。

「え、トモ？……あれ？　おれ、なに？」

呆《ほう》けきっていた宇佐見は、着替えの途中《とちゅう》になってようやく、自分がよれたTシャツと下着以外、なにも身につけていなかったことに気がついた。とたん、どかんと顔が熱くなって、その場によろよろとへたりこむ。

「う、うわ、うそ、超《ちょう》だっせーとこ見られた」

だらしないにもほどがあるような、そんな姿を矢野に見られた。ちょっとショックかもしれない、とへこんでいると、階下からよくとおる低い声がかけられる。

「おい、寝てないか？」

「ね、ね、寝てない！　す、すぐ行くからっ」

あわあわと着替えの手を速めるのは、矢野の声にかすかな苛立《いらだ》ちが混じったからだ。寝癖のついた頭は帽子《ぼうし》をひっつかんでごまかすことにして、大あわてで外出用のボトムとシャツを身につけ、宇佐見は慌《あわ》てて洗面所に飛びこむ。

(目やにとかついてなかっただろうな。うわもう、最悪)

玄関先から、ひりひりした気配が伝わってくる。速攻《そっこう》で歯磨《はみが》きとマウスウォッシュをすませたが、顔はざぶざぶと適当に洗うだけしかできず、焦《あせ》ったせいでシャツが少し濡《ぬ》れたかもしれないがどうしようもなかった。

「お、お待たせ」

「ああ」

不機嫌丸出し、という姿を見るとさすがに怯《ひる》む。おかげでどこへ行く気だとも、なにか用事なのかとも問うことはできないまま、宇佐見は黙《だま》って鍵《かぎ》を閉め、背の高い彼に続いた。

てっきり近所で話でもする気かと思っていたのだが、長い脚《あし》で黙々《もくもく》と歩く矢野は駅に向かった。そこで切符《きっぷ》を二枚買ってよこし、まったく宇佐見に口を開くスキも与《あた》えないまま、電車に乗りこむ。

日曜日ながら、まだ午前中とあって、電車のなかは空いていた。一両の車内に乗客の姿は数人しかいない、横長のシートのまんなかあたり、隣《とな》り合わせに座って電車に揺《ゆ》られるうちに、ようやく頭がまともに働きはじめた。

(どこ、行く気なんだろ)

ちらりと見た横顔は、まるでスキがなさすぎた。少し前にはこんな硬《かた》い表情のなかからも、ちゃんと彼の感情を読み取れたのに——いまの自分はまるでなにもわからないと、宇佐見は小さくため息をつく。

「昨日、何時に戻《もど》ったんだ」

「え？　えっと、一時、前には」

「ふうん。昨夜《ゆうべ》は相当飲んだみたいだけど、だいじょうぶか？」

「え、く、くさいかな」

そういえばアルコール臭《しゅう》がするような、しないような。自分ではわからないけれど、昨晩風《ふ》呂《ろ》に入っていないのだから、ひとにはわかってしまうかもしれない。

そう思うと途《と》端《たん》に恥《は》ずかしくなり、宇佐見はじりじりと矢野から距離《きょり》を開けようとした。

「なに逃《に》げてるんだ」

「え、だって、酒くさいかなって」

「酒は、そうでもない。むしろ、香水《こうすい》くさい」

「え？　なにもつけてな、……あ」

そういえば昨日はさんざん秋月とべったりくっついていた。もしかするとあの甘いにおいが移った可能性はあると気づいた宇佐見が口をつぐむと、矢野がじろっと横目で睨《にら》んだ。

「あってなんだ」

「え、いや、なんもない」

ものすごく怖《こわ》い顔で低い声を出されて、宇佐見はびくんと肩《かた》をすくめる。その後はとても声をかけられる雰囲気《ふんいき》ではなく、気まずい沈黙《ちんもく》を乗せて電車は走った。

途中、腕《うで》を引きずられるようにして電車を乗り換《か》え、山手線で辿《たど》りついたのは渋谷駅。昨晩も訪《おとず》れた街は、真っ昼間に見るともう少しは健全な雰囲気があるけれど、そのぶんごみごみとしたひとの群れでごった返している。

「あ……あの、トモ？」

無言のままずかずかとさきを行く彼の歩みの速さに、宇佐見は小走りで必死についていった。そうしながら、ふだんの矢野がどれだけ自分に歩幅《ほはば》をあわせてくれていたのかも、いまさら思い知る。

広い背中の持ち主は、怒濤《どとう》のようなひとの流れのなかでもするりするりと泳ぐようにきれいに歩いた。頭ひとつは周囲から飛び出ている彼の長身のおかげで、見失うことはないけれど、ついていくには少しむずかしい。

「ま……」

待って、と言いかけて宇佐見は口を閉《と》ざした。いまのふたりの距離はそのまま、心のなかにできた隔《へだ》たりそのもののような気がして、どうやったら追いつけるのかもわからなくなって、本当についていっていいのかと、そんな気分になったのだが。

「おい。早く」

「あ……うん」

立ち止まり、振《ふ》り返った矢野が目線で「来い」と告げてくる。そのことに妙《みょう》にほっとして、スクランブル交差点を抜《ぬ》け、109から左手側の道へとひたすら歩く矢野に着いていくと、途中で彼はふいっと、右の横道に入った。

(ええ？　あれ？)

そちらはたしか、昨晩秋月が向かおうとした場所だ。いわゆる道玄坂円山《まるやま》町近辺、全国でも有名なホテル街。

「ト、トモ？　どこいく、の？」

まさかまさかと思ううちに、無言の矢野はどんどんそれっぽい方向へと進んでしまう。そっけないマンションビル、派手造りのものと見かけはさまざまだが、『ショート』『休憩《きゅうけい》』などの看板であきらかにその手の施設《しせつ》とわかるホテルが乱立する空間に、矢野の姿が似合わない。

「ちょっと、トモってば！　どこ行くのかわかんないけど、こっち、違《ちが》うだろっ」

そのままホテル街を突《つ》っ切って坂をくだれば、NHKなどもあるにはあるが、そもそもなんでそんなところに行くのかわからないし、文化村通りを歩いたほうがよほど楽にたどり着ける。

混乱しつつ宇佐見が思わず腕を摑《つか》むと、ものすごい形相の矢野がじろっと睨んできた。だが、そのきりきりした表情に、宇佐見はあれっと目を瞠《みは》る。

「……べつに、違ってない」

「え？　え？」

これは怒っている顔ではない。むしろ照れているときとか、そういうのに近い表情だと首をかしげていると、すごい力で矢野に腕を摑まれ、横の路地に連れこまれた――と思った宇佐見は、そこでさらに目を丸くし、珍妙《ちんみょう》な声をあげてしまった。

「はえっ？」

路地ふうのカモフラージュがなされたそこには、自動チェックインするための無人フロント。奥には何台ものエレベーターの扉《とびら》があり、さまざまな部屋の写真が表示された、タッチパネル式の、自動販売機《はんばいき》の大型判のような機械がある。

「ちょ、な、なに、トモ？」

「どれでもいいか？」

訊《き》いておきながら、答えを待つ気もなかったのだろう。ばしばしとまるで殴《なぐ》ってでもいるようにパネルを叩《たた》き、適当な部屋を選んだ矢野は、出てきたカードキーを手に、ナンバーの同じエレベーターに乗りこむ。

（あ、なるほど。これで部屋直行だから、誰《だれ》にも顔見られないんだ）

妙な感心をして宇佐見が呆《ほう》けていると、ふたりを乗せたエレベーターがぐんぐん上昇《じょうしょう》し、部屋へと辿りついた。予想どおり、エレベーターホールのようなものはいっさい存在せず、ごく狭《せま》い空間の目の前には部屋へのドアと、ゲームセンターでも見かけるような、よくある自販機が存在するのみ。

しかし、ここまで来てもまだ現状を把握《はあく》しきれずに、宇佐見はぼけっとその自販機の中身を見つめる。

「あー……お菓子《かし》とか売ってんだね、ここ」

小腹が空いたときのためなんだろうか。そんなどうでもいいことを呟《つぶや》いてしまうくらいには宇佐見もパニックに陥《おちい》っていたのだが、矢野には余裕《よゆう》の態度と取られたらしい。

「ここじゃ、そうなんだろな。ほかは、どうだったんだ？」

「えっ？」

ぎりっと奥歯を噛《か》むような音が聞こえ、腕を摑んで部屋の中に連れこまれた。ぎくりとするような強引《ごういん》さに目を白黒させた宇佐見の背後で、乱暴な音を立ててドアが閉まる。

内装は、おそらくリゾートホテルを狙《ねら》ったものなのだろう。籐《とう》いすや、竹でできたパーティションなどがしつらえられた室内は、リネンも白く一見は清潔な感じだ。だが、本当のリゾートホテルなら窓から見えるはずの海はなく、ベッドのすぐ近く、はめ殺しの窓をよそおったガラスの壁《かべ》の向こうには、ブラックライトで照らした坪庭《つぼにわ》らしいものがあるだけだった。

しかし、そんなものをゆっくりと観賞できるような余裕は、宇佐見にはなかった。ただいきなり抱《だ》きすくめられ、唇《くちびる》を奪《うば》われながら視界の端《はし》に映ったものを認識《にんしき》しただけだ。

「んっ⁉　や、ちょっと、トモ……っ」

「うるさい」

待って、と言ったのにまるで矢野は聞いていない。宇佐見の両手首を摑んで壁に押しつけ、最近ますます開きのひどくなった体格差で押さえこみ、強引に唇を押しつけてくる。

硬直《こうちょく》して思わず歯を食いしばっていると、下唇《したくちびる》を嚙んで引っぱられた。健康な歯が肉に食いこむ感じがぞくっとして、息をつくように薄《うす》く開いた狭間《はざま》にぬるりと舌が入りこんできた。

（うわあ、うわあ、うわあっ）

いったいなにがどうして、と宇佐見は真っ赤になったままめんくらう。

こんな情熱的で強引な仕掛《しか》けかたを、いままでされたことなどない。興が乗ったときなら案外いやらしい矢野だが、こちらがなにかをする前から押し倒《たお》してくるなどという、乱暴な真似《まね》はしたことがない。

おまけに、口のなかを舐《な》める舌が強くて、ぼうっとなってしまう。少しでも宇佐見がびくっと震《ふる》え、感じた部分はもういいというくらいしつこくされた。

（ね……粘膜《ねんまく》、こそぎとられそう）

唇以外どこも触《ふ》れあっていないのに、あまりに卑猥《ひわい》なキスに巻きこまれ、宇佐見は腰《こし》をがくがくさせてしまう。

「や、トモ……っ」

怖くなって逃《に》げようとしたら、後頭部を掴まれた。ずるりと帽子《ぼうし》がはずれ、そんなことにまで苛立《いらだ》ったように矢野は舌打ちして、やわらかい布を床《ゆか》に放《ほう》り投げる。

（なに、なんで、怖い……）

見たことがないほどの荒《あら》っぽい様子に、宇佐見が身をすくめた。そんなささいな怯《おび》えさえ許さないというように、大きな手が髪《かみ》を掴んでまた唇を押しつけてくる。

息が苦しくて首を振ると、広い肩の怒気《どき》がさらに強くなった。ぶあっと噴《ふ》きだすみたいな強《きょう》烈《れつ》なオーラ。こんな激しさをいったいどこに持っていたのかと宇佐見は驚《おどろ》く。

「ん、んむぅ……っふっ、も、いき、息が……っ」

酸欠になる、と背中を叩くと、ようやく少しだけ唇が離《はな》れ、ぜいぜいとふたりは荒い息をつく。

だが、紅潮した頬《ほお》を押しつけるようにした矢野の唸《うな》るような声に、宇佐見はびくりとする。

「いやでも、逃がさないからな」

「や、ちがっ……いき、息苦しい、だけっ……んんん！」

聞かない、と睨んだ矢野がまたキスをしてくる。今度は手首を拘束《こうそく》するのではなく、ぐっと腰を引き寄せられて尻《しり》を掴まれた。

「まっ、トモ……っあんっ」

指が食いこむくらいにそこを撫《な》でられ、揉《も》まれる。そうしながらすらっとした筋肉質な腿《もも》の上に宇佐見の身体《からだ》を乗せるようにされて、敏感《びんかん》な脚《あし》がこすれて感じる。

（なに、なにが、どうなってんの）

ほんの小一時間ほど前までは、部屋のベッドで呆《ほう》けたままごろごろしていただけだった。明日学校に行ったらまた、矢野と顔を合わせる可能性もある。だからそのための心がまえをちゃんとして、できることなら謝って――許してもらえなくても、けじめをつけて。

そして今度こそじゃまにならないよう、きっちり距離《きょり》を置くつもりだったのに。

（なんでトモ、おれにキスとか、してんの？）

距離がどうこうの話ではない。キスをして舌を絡《から》めて腰をあわせて、お互《たが》いの間を隔てるなにをも許さないと抱きしめてくる、この腕《うで》の持ち主の意図がさっぱりわからない。

「や、ちょっと、待って」

「いやなのか」

少し話をしたいと、広い胸を押し返す。するとまた、凶悪《きょうあく》なくらいの強さで矢野が睨《にら》んでくるから、宇佐見の言葉は喉《のど》に引っかかって出てこない。

心の奥まで覗《のぞ》きこもうとするかのような、強い視線に息を呑《の》む。しばらく無言のまま見つめあっていると、宇佐見の小刻みにわななく肩《かた》をぐっと摑んだ矢野が、呻《うめ》くように言った。

「俺は、別れないからな」

「なに、え、えっ？」

突然《とつぜん》の発言に、宇佐見は目を丸くする。

「おまえが、秋月となにしてようと。ほんとはもう、俺のこと面倒《めんどう》だとか思ってようと、俺は、別れないからなっ！」

ものすごい声で怒鳴《どな》られた言葉の意味が、しばらく脳に届かなかった。きょとんと宇佐見は目を瞠り、なんのことかわからないと首をかしげる。

「え、ええと……ごめん、話が見えない」

宇佐見のぼんやりした声に、矢野はぎりぎりと唇を噛んだあと、苦しげな顔で口を開いた。

「もう、話す余地もないのか」

あまりの重苦しく暗い声にめんくらいつつ、宇佐見は違う違うとかぶりを振《ふ》る。

「じゃなくてっ！　な、なんでトモのほうから、別れないとか言うんだよ？」

「おまえがもう別れるって言ったんだろ！　おまえがそうでも、俺はいやだからな！」

耳元で叫《さけ》ぶから、耳がきーんと痺《しび》れた。けれどその怒ったような声のなかに、痛いような苦しいようなものを拾いあげて、宇佐見は呆然《ぼうぜん》と目を瞠る。

「い、いやとか、面倒とか、言ってない……」

ようやくそれだけ口にすると、「うそつくな」と吐《は》き捨てるような声を矢野が発した。

「うそって、そんな」

「電話も切られてるし、家に連絡《れんらく》したってきっと宇佐見は逃げると思った。だからいちかばちかで直接行ったら、さっきからずっと、顔ひきつらせてるじゃないか」

ぎゅうっと、骨が軋《きし》むような強さで抱きしめられる。そこでようやく宇佐見は、矢野が怒《おこ》っているのではなく傷ついているらしいことに気がついた。

「この間の話だって、なんであんなに怒ったのか、俺はぜんぜんわからないんだ。そういうの、察するのはほんとにへただし、なにが悪かったのか少しもわからない」

「トモ……？」

「謝ればいいのかと思ったけど、なんで宇佐見が怒ってるのかもわからないのに、そんなことしても意味がない。それで、ちゃんと話したかったけど、顔見れば真っ青になられるし、もう……きらわれたんだって」

わかってたけど、と呟く声が、吐息《といき》だけの小さなものだった。

（あのとき、無視したんじゃなかったのか？）

青くなったというのは、おそらく階段でニアミスをしたときのことだろう。たしかに矢野の姿を見たとたん、自分が硬直して血の気が失《う》せたことには自覚がある。

（睨んだんじゃなくて、どういう顔していいか、わかんなかったのか）

よくよく考えてみれば、矢野は他人《ひと》をきらうということが、ほとんどない。基本的に自制心が強く、好悪の感情も強くはないので、誰《だれ》に対してもある意味ではうっすらと無関心だ。

そんな矢野が睨みつけるというのは、相当に呆《あき》れられたのだと思っていた。けれどあれも、もしかすると混乱のまま見つめたら険しい表情になっただけ、だったのだろうか。

（だって、そうじゃなきゃトモ……こんなに震えない）

宇佐見を捕《つか》まえた腕が小刻みに震えたままで、どうしよう、と宇佐見は軽いパニックになる。

（どうしよう、どうしよう、おれ、トモのこと傷つけちゃった）

秋月のことはちゃんとなぐさめられたのに、矢野にはどうしていいのか少しもわからない。

本当に大事だから、ちょっとの疵《きず》もつけたくないくらいでいたのに、こんなに取り乱すくらいに痛めつけてしまった。そのことがショックで、宇佐見は唇を震わせる。

「ご……ごめんね……？」

そろっと、肩に押しつけられている頭を撫でてみた。だがそれさえも痛いように、矢野は唸ってさらにしがみついてくる。

「やっぱり、だめなのか。ごめんって」

「えっ、ちが、違うよ。この間、めちゃくちゃ言ってごめんって……おれが、悪かったし。へんに、やつあたりみたいなこと言ったし」

矢野らしくもないナーバスな反応に、宇佐見は本当にめんくらった。

これ、いったい誰ですか。

そんなふうに誰にともつかず問いかけたいくらい、矢野が弱っている。

（おれのせい？　これおれのせいか？）

そう考えると、不謹慎《ふきんしん》にもどきどきした。自分ごときが矢野になにか影響《えいきょう》を与《あた》えられるなどと考えてみたこともなかったから、ひどく戸惑《とまど》っているのに——残酷《ざんこく》なことに、少し嬉《うれ》しい。

「じゃあ、別れるって言ったのは」

「ごめん、勢い……うそ、です」

宇佐見の申し訳なさそうな言葉に、本当にほっとしたように矢野は深々と息をついた。そしてもう一度しっかりと宇佐見を抱《だ》きしめてくるから、心音はどこまでも調子があがりっぱなしになる。

「それじゃあ、なんで、あんなに怒ったんだ。誰に、なに訊《き》いたか知らないけど、なんであの日は、会えないことと大学の件までが、ごっちゃになってたんだ？」

謝ったことで、少しだけ矢野は自分を立て直したようだ。それでも身体を離そうとしないのは、やはりどこか不安だからだろうか。

「だって、大学のこと、おれ知らなかったよ。家、出るとかっていうのも」

「それはこの間も言ったけど、まだ確定じゃないからだ。それに、親とも少し揉めてるし」

家庭内のことを、矢野はあまり口にしたがらない。なにか問題があるからではなく、身内のことを外に向かって話すのはあまり行儀《ぎょうぎ》がよくないと、そうしつけられているからだ。

だが、宇佐見としては問題の論点はそこじゃないと拗《す》ねたくなる。

「でも、いくらなんでも鹿児島なんか、遠いじゃんか」

「鹿児島？」

「なんか、あっちの体育大学から、スカウト来たって聞いたっ、家出るって、それだろ?」

矢野の怪訝《けげん》そうな顔には気づけないまま、どうして大事なことをちゃんと教えてくれないんだとなじって、宇佐見は広い胸を叩《たた》く。

「そりゃおじさんたちだって、反対だってすんだろ。トモだったらそれこそ、東大とかだって行けちゃうのに、なんでわざわざ遠い大学行くっての?」

都内の大学でいいじゃないか、家を出たりしなくてもかまわないじゃないかと、思いだしたせつなさに宇佐見の声が震《ふる》えた。

理性では、矢野が決めたことならしかたないのだと思う。それでも、このさきの自分たちにも関《かか》わる決断を、なんの相談もされず他人から聞かされるなんてあんまりだと、あの日受けた衝撃《しょうげき》を思いだして胸が苦しくなってしまう。

「だいたいおれ、そこまで追いかけらんないよ。鹿児島になんかどうして行くって言われても、親になんにも言えないしっ」

「いや、待て、宇佐見」

べちべちとやつあたりのように広い胸を叩いてなじると、矢野はようやく自分を取り戻《もど》したかのように「少し落ち着け」と言った。

そして、ふくれた顔をする宇佐見に「ちゃんと聞け」と前置きして、いつもの彼らしい落ち着いた声で、噛《か》んで含《ふく》めるようにこう言った。

「あのな、たしかに話は来た。でも俺は鹿児島の大学に行く気はないぞ」

「え……うえ？　だって、家、出るって」

予想外のそれに宇佐見が目を白黒させると、矢野のほうも驚《おどろ》いたように切れ長の目を瞠《みは》っている。どういうことだ、とお互《たが》いに首をかしげあった。

「そりゃ出るけど。いいとこ、都下の奥まったところとか、多摩《たま》のあたりとかまでしか、考えてない」

「じゃ、じゃあ……本命は？」

「一応、考えてるのは――」

問いかけると、矢野は都下で剣道《けんどう》の強豪《きょうごう》である、大学の名前をあげてみせた。

「ほかにもいくつか、受けるつもりはあるけど、全部関東近辺だけだ」

学業的な部分では、矢野にしてみれば楽勝な大学ではあったけれど、一般《いっぱん》的には名門といわれるところでもある。そしてまた、宇佐見がぼんやりと『矢野ならばここを選ぶだろうか』と予想していたとおりの大学名に、無意識に安堵《あんど》して息をついた。

「そ……そうなんだ？」

「まあたしかに、強いところに行くのもいいとは思うけど。俺はべつに、自分が納得《なっとく》するまで稽古《けいこ》とかしたいだけだし、強くなりたいとは思うけど試合で成績あげたいわけじゃないんだって、言わなかったか？」

「や……そこらへんの話は、よくわかってなかったかも、しんない」

宇佐見がぶんぶんとかぶりを振《ふ》ると、矢野は言葉が足りなかったなと眉《まゆ》を下げた。

「まあ、それはいいとして。とにかく、あの大学のひとらと話はしたけど、俺にはあわないと思ったから、行く気はない」

「ほんと？」

「ああ、練習中にずっと品定めしてるみたいな顔されるのも参ったし、それに……」

「それに？」

「内藤も、剣道連盟の上に食いこみたいらしいからな。いつまでも高校の顧問《こもん》じゃやってられないんだとは思うけど、部員はべつにブロイラーじゃないんだ。高い値段でブランドに売りつけるような、そういうやりかたは、俺は好きじゃない」

ふっと、めずらしくも吐き捨てるような声を出した矢野に、宇佐見は顔をしかめてしまった。

あまり多くを語ったわけではないけれど、どうやらあの大学のえらいひとは、剣道連盟にも顔が利《き》いたりするのだろう。そして矢野のような『献上品《けんじょうひん》』を差し出すことで、理事会や役職などの肩書《かたが》きを得《う》る場合もあるのだと、宇佐見は理解した。

「内藤って、そんななのか？」

そもそも鬼《おに》のようなすさまじい厳しさのため、辣腕《らつわん》顧問などと言われているが、矢野が主将になってからのほうが剣道部の成績はあがっている。それは彼が、前時代的なしごきなどナンセンスだと内藤にかけあい、効率のいいトレーニングメニューを組んでいるせいでもある。

その際にはむろん、内藤と矢野の間での対立もかなりあっただろう。けっして愚痴《ぐち》など口にしないからなかなか気づけないけれど、事情を垣間《かいま》見るだけでも、矢野の苦労がしのばれる。

「まあ、あいつだけの話じゃないけど。大人の思惑《おもわく》だけであっちこっち、コマみたいに動かされるのはかなり不愉快《ふゆかい》だ」

思いだすのは、村田の言葉だ。上位成績を誇《ほこ》ったり、有名大学への合格者数を増やすためだけに、矢野自身がその気もないのにあれこれと引っ張り回されているのを気の毒だと彼女は言っていた。

そして特進のスーパーハイスクール指定の件もある。おそらく矢野はその代表格として、大学の研究室に連れだされたりする候補にあがってもいただろう。

「東大とか京大受けろとか、やっぱ、言われた？」

「進学する気もないのに、無駄《むだ》な補欠者を出すのは不毛だから受けませんと言った」

だが矢野はやはり、矢野だった。他人の思惑など無視したある意味では傲岸不遜《ごうがんふそん》な物言いに、宇佐見は思わず笑ってしまった。

（補欠出すって……すげえ自信だなあ）

どう考えても自分は合格するのが前提の台詞《せりふ》だと、矢野は気づいてもいないのだろう。こういう悪気のなさがもしかすると、彼に敵を作ってしまう一因なのかもしれない。

「トモ、ちょっと天然だよな」

「え？　なんでだ」

わからなければいいとかぶりを振って、宇佐見は自分から抱きついてみる。なんだか目を丸くした矢野は、それでも拒《こば》むことはないまま腕《うで》のなかに受け入れてくれた。

「それじゃ、その大学行って、警察官、なるのか？」

これはなんの含みもなく問いかけたのだが、矢野は一瞬《いっしゅん》言葉につまる。なんだろう、と腕のなかから見あげると、複雑そうな顔をした彼がぼそぼそと言った。

「警察は、正直いえばやめようかと思ってる。前には公務員試験で、そのまま警察に就職って考えた時期もあったけど」

「えっ……なんで⁉」

意外なそれに、宇佐見はがばっと顔をあげた。どこか気まずそうな矢野のシャツを摑《つか》み、前後に揺《ゆ》さぶって「なんでだよっ」と問いつめた。

「だってすごい前から、警察行くって言ってたじゃん！　どういう心境の変化？　なあって」

「いや、なんとなく」

「嘘《うそ》つくな、トモがなんとなくで決めるわけないだろ！　ちゃんと教えろってば！」

もう自分のなかだけで結論を出すのはやめてほしい。鬱陶《うっとう》しいかもしれないけれど、ちゃんと教えてほしい。そう思ってつめよると、矢野は唸《うな》ったあとようやく口を開く。

「就職とかは、まだ、そう焦《あせ》ることもないかと思ったし、……それに、宇佐見が」

「おれ？」

なぜここで自分の名前が、と首をかしげると、矢野は言いづらそうにくちごもった。

「高卒で警察学校に行くと、間違《まちが》いなく十ヶ月は入寮《にゅうりょう》になる。そのあとも、官舎の独身寮に入らなきゃならないし、そうするとたぶん、何年かはまともに会えない」

「えっ」

自宅からの通いではだめなのか、と宇佐見が驚くと「一応調べた」と矢野は言う。

「それに、選択肢《せんたくし》の幅《はば》が狭《せま》すぎると自分でも思ったから……警察に関しては少し、考えてる」

「ど、どうして？　だって、トモ、なりたいって」

「剣道したくて選んだだけだ。純粋《じゅんすい》に警察官になりたいかって言われると、少し違《ちが》う。そういうのは不純じゃないかと思った」

半分は本心で、半分は違う。そんな曖昧《あいまい》な声を出す矢野を知らなくて、宇佐見はぼんやりしてしまった。そして、頭の隅《すみ》では、やはり矢野はだいぶ大人になったんだなと、そうも思った。

（ただ漠然《ばくぜん》と、おまわりさんになりたい、ってんじゃなくなったんだな）

いずれ就《つ》く職業のひとつとして、リアルに考えて調べて。それだけでも宇佐見のように、仕事なんか大学に行ってから考えればいいやなどと暢気《のんき》な、ふわふわしたタイプからすればすごいことだなと思う。

「じゃあ、その選択肢拡《ひろ》げるって意味で、その大学にしたのか？」

「それも、ある。あと一応、考えてることも、ある」

「すげーなあ……」

もうさきのことまでいろいろ考えているんだなと、純粋に感心してしまった。だが、素直《すなお》な感嘆《かんたん》を口にした宇佐見に、なぜか矢野は気まずそうだ。

「えと、警察じゃなくって、どうすんの」

「教員免許《めんきょ》取るのもいいかって、考えた」

「え？　センセ？」

これもまた意外な発言だ。なんでまた、と首をかしげると、矢野はぼそぼそと目を逸《そ》らしたまま、またも宇佐見を驚かせることを言う。

「宇佐見が、先生だったらいいのにって言ってくれて。で、俺は、あんまり愛想ないけど、たしかにひとに教えるのとか、きらいじゃないし」

「え？　おれ……？」

その言葉に、宇佐見はぽかんとなってしまった。

——好きな仕事ができて、竹刀《しない》振っていられれば、俺はそれでいいし。

以前にも、特進をやめて公務員試験でも受けるかと言った矢野に、宇佐見はこう言ったことがある。

——らしいけどね……でも、もったいないなあ。

——もったいないなと、思うのか？

そのとき、自分などからすれば、せっかくの頭脳といまの状況《じょうきょう》はもったいないのだと、宇佐見はほんの軽い気持ちで言ったのだ。

「前も、宇佐見が。特進やめるのはもったいないって言ったから、そうしようと思ったんだ」

自分なんかのひとことが矢野を動かすなどと思ったこともなかった宇佐見はめんくらったが、ひどく誇らしい気分になったのは事実だ。だが同時に、少し怖《こわ》いとも感じた。

「お、おれ、そんなに深く考えて、言ってない」

「ああ。おまえのせいだとか言ってるわけじゃないから、気にしないでいい」

そんなこと言われても、と宇佐見は眉を下げた。その表情に矢野は少し困ったように目を伏《ふ》せて、けれどなにかを心に決めたようにふっと息をついた。

「それから、ちょっと遠い大学にしようと思ったのは、ひとり暮らしするためだ」

「そうなのか?」

まっすぐ目を見る矢野の視線にも声にも、迷いはない。ただ、理由もなく胸が騒《さわ》いで、宇佐見のほうが取り乱してしまいそうになる。

「あと……前に宇佐見も、なんとなく自分の大学はあのへんか、って言ってたのが頭に引っかかってた」

　ついでに宇佐見も、せんだってようやく提出した進路希望さきは、実家から通うには少し遠い環境《かんきょう》になる大学だ。あのあと、有賀ともいろいろ相談しあって決めた私立推薦《すいせん》で、なにごともなければ合格するだろうというお墨付《すみつ》きももらっている。

「そんなこと、おれ、言ったっけ？」

　完全に覚えてもいないと宇佐見が首をかしげると、雑談の合間の話だからと矢野は言った。

「とくにどうこうっていうんじゃなく、まだ三年にあがる前くらいのことだから。でも俺は、おまえの言ったことはたぶん、全部覚えてる」

　さらっとすごいことを言って、有賀あたりから得た情報を矢野は摑んでいるのだと言った。

「それにこの間の進路希望調査、本命がそこだったんだろ」

「う、まあ。うん。たぶんあの大学、受かれば行くと思うけど」

「おまえ、あんまり冒険《ぼうけん》しないから。よほどのことがなければ、そこで決まりだろうなって」

　なにかの折りに漏《も》らした言葉で、宇佐見の進路はほぼ確定していると知ってから、矢野はそれなりに考えていたのだそうだ。

「ど、して？　なんで、そんなの、トモが気にすんだよ」

「どうしてって、おまえも俺も、いまの環境じゃ、どうにもならないだろ」

　どうにもならないってなに。意味がわからなくて、けれど胸の奥は理由のわからないときめきでめちゃくちゃになってしまいそうで、宇佐見の声は震《ふる》える。

「なにが、どうにもなんない、の」

言わせる気か、と睨《にら》んでくる矢野の目を、赤い顔で見つめ返した。そうして、かすかに唸った矢野は、大きな手で顔を覆《おお》って、ついに白状した。

「俺は、宇佐見と、セックスしたい。もっと、ちゃんとしたい」

「そ……っ」

やけくそ混じりのようなそれは、小さな声でしかなかった。予測はしていたが、まさかという気持ちも捨てきれなかった宇佐見は茹《ゆ》であがり、口をぱくぱくさせてしまう。

居直ったのか、深々と息をついた矢野はそこからは一気にまくし立てた。

「ホテルに行くなんて言ったって、近場じゃ、まずいだろ。昔から住んでて、顔が知れてて、知りあいにでも見つかったらどうにもなりやしない」

「と、トモ、そんなこと考えてたんだ」

まるっきり色事に興味などないような、涼《すず》しい顔の下で、矢野もそれなりに十代の若者らしく焦《じ》れてはいたらしい。嬉《うれ》しいやら恥《は》ずかしいやらで、宇佐見は火照《ほて》った顔が痛くなった。

「考えるよ。なのに宇佐見は無防備すぎる。高校生がラブホテルなんてそれだけでも目立つんだ。だからって、渋谷に出ちまえばいいってもんでもないし」

「きょ、今日は、来たじゃん」

いきなりでびっくりした、と宇佐見が上目になると、矢野はやけくそのように髪《かみ》を掻《か》きむしりながら言った。

「しょうがないだろ。だいたい、こんな話どこでしていいかわかんないし、おまえんちのおばさん、日曜は出かけるけど午後には帰ってきちゃうだろ」

まだ学生で、親の目も学校の目も厳しい状況で。セックスだけが目的ではないけれど、ふつうに恋人《こいびと》らしくするのもむずかしくて。

「手、つなぐぐらいならまだいい。キスとか、ずっと抱《だ》きしめてるのとか。おまえ好きだろう」

指摘《してき》されてぼっと赤くなった。甘ったれだと言われた気がして「ごめん」と呟《つぶや》くと、矢野はまだ複雑な顔のまま言う。

「宇佐見は、そういうふうなのがしたいんだろ。いちゃいちゃしてくれたっていいだろうって、大暴れしてたじゃないか」

「したい……けど、でもトモが、やなら、我慢《がまん》する、よ」

そんないやそうな顔しなくてもいいじゃないか。べそをかきながら言うと、矢野はふうっと息をついて頭を掻きむしった。

「いやなんて言ってない」

「だって、いつも言わないとしてくんないし」

「おまえなあっ」

ぐずぐずとしたことを言っていた宇佐見を、矢野はもう一度強引《ごういん》に抱きしめなおして、舌打ちせんばかりの勢いで言い放った。

「場所もかまわずにさっきみたいなこと、していいわけないだろ」

「さ、さっき?」

「こういうの」

「ひぎゃっ⁉」

いきなり、尻《しり》をぎゅっと摑《つか》まれて悲鳴があがる。そのまま腰《こし》を押しつけられ、すっかり自己主張の激しくなった矢野のそれに驚《おどろ》いた。

「トモ、か、かたい」

「だから触《さわ》らないようにしてる。……宇佐見となんかすると、すぐ、こうなる」

最近どんどんひどくなる、と苛立《いらだ》ったような声を出されてびくっとした。

触《ふ》れあった場所から、どくどくと脈が伝わってくる。切羽詰《せっぱつ》まったような、張りつめた熱。ほんのささいな刺激《しげき》でどうにかなりそうな、こんなものを抱《かか》えていて平常心でいろなどとは、我が身を振《ふ》り返ってもとても言えるわけがない。

「剣道《けんどう》の稽古《けいこ》、前より休んでるせいで、俺は体力があまってるんだ。筋トレとかはそれでもやってるけど、休養日は自分で決めた以上、竹刀は振れないし」

「それ、ストレスなんじゃねえの?」

休養日を決めたのも、矢野ではなくむしろ、体力の追いつかないほかの部員のためなのだ。

レベルの低い——といっては失礼ながら、矢野に比べたらたぶん全員レベルが低いからしかたない——相手にあわせることも、かなりのストレスではないのかと宇佐見は心配になる。

だが、矢野はそんなストレスくらいなら話は簡単だったと唸《うな》るのだ。

「そんなんじゃない。そうやって発散してたぶんがいま、全部宇佐見のほうに行ってるんだ」

知ってしまったから、といいながら矢野は、小さな丸い尻を摑んだまま腰を押しつけてくる。

「セックスなんか覚えるんじゃなかったと思った」

呻《うめ》くようなそれに、またどきっとする。矢野の清潔な唇《くちびる》からこぼれる露骨《ろこつ》な単語は、どうしようもなく宇佐見を淫靡《いんび》な気分にさせる。

「トモ、い、痛い」

「頭のなかが宇佐見だらけになって、なにも集中できない。……こんなんじゃ、なにも」

なにも手につかない。呟いた矢野は唇を嚙《か》んで、喉《のど》の奥で唸るような声を発する。

触りたい。キスしたい。ここに入れて、揺《ゆ》さぶっていかせたい。言葉ではなく訴《うった》えてくるのは、燃えるような強い視線と大きな手のひら。

「あ……あ、ん！」

「本当は、やさしくしたいよ。けどちょっとでも触ったら、こんなことばっかりになる。気をつけてるのに、それでも横にいたらどうしたって、勝手に手が伸《の》びる」

そんなことを言われてしまえば、宇佐見の心臓はもう爆発《ばくはつ》の連鎖《れんさ》だ。爪先《つまさき》までじんじん痺《しび》れて、尻にきつく食いこんでくる手のひらに、感じてしかたなくなる。

眩暈《めまい》がして、足下《あしもと》が頼《たよ》りなく沈《しず》みそうになる。もうこのまま、本当にどうにかしちゃってほしいとしがみつき、宇佐見はうわずった声を発した。

「い、いいのにっ」

「どこでだよ。俺の家もおまえの家も、部屋に鍵《かぎ》なんかかからない。まして外なんかじゃ、なんにもできない」

「やっ……」

肩《かた》に噛みつかれて、痛い、と言いながらも、宇佐見はほっと安堵《あんど》する。

(そういうこと、だったのか)

無意識ではあちこちにそっと触れてくるくせに、外はまずいと、いつもつれなく振りほどかれた。あれはひと目を気にしたり、鬱陶《うっとう》しがったわけではなかったのだ。

(おれのこと、抱きたかったんだ、トモ……)

なにより、痕《あと》が残りそうなくらいに自分の身体《からだ》に指を食いこませる矢野の、素直《すなお》な欲情を教えられると、泣きそうなくらいに嬉しくなる。

「外だって、おれ……かまわない、のに」

だが、うっとりしながら呟くとばかを言うなと矢野は目をつりあげるのだ。

「できるわけないだろ。危ない橋わたって、見つかったりしたらどうするんだ？」

「……怖《こわ》い？」

苦しげな声に、宇佐見の胸がひやりとした。けれど骨が軋《きし》むくらいの強さで抱きしめられ、押し殺したような声を発する矢野に、そのいやな冷たさは払拭《ふっしょく》される。

「怖いよ。そんなことしたら、別れさせられるに決まってる」

「トモ……」

「大義名分が、ちゃんと欲しい。家から離《はな》れて、宇佐見とふたりだけでいてもべつに、誰《だれ》もなにも言わないような」

もどかしい、と息をつく。肩に感じる熱気は、そのまま矢野の情熱のようだ。

「いまがよければいいんじゃ、ないだろ。大学に行って、そのさきだって、あるんだ」

「そんなに、つきあって、くれんの？」

「おまえはどうなんだ？」

射貫《いぬ》くような目で見つめられた。まるで睨《にら》むような強さで、けれど心臓までまっすぐ突《つ》き刺《さ》さったそれが痛くて気持ちよくて、宇佐見はもう動けない。

「頭の隅《すみ》っこに、ずっと、おまえがいる」

「ト……」

「宇佐見と、このさきも一緒《いっしょ》にいようと思ったら、もっとしっかり考えないとだめなんだ。いろんなこともうまくやって、ちゃんとしていかないと」

胸が苦しい。なんだかものすごく大事で、そして同時に重たいようなことを言われたのだと思うのに、頭が混乱してよくわからない。

「それよりさきに、宇佐見泣かせてたら、意味はないし。それに、おまえがどう考えてるのかは、俺にはわからないけど……」

だが、矢野はふと弱さを見せて、目を伏《ふ》せる。めずらしくも感情の乱高下が激しい彼に戸惑《とまど》いながら、宇佐見は広い肩に手を添《そ》えた。

「どういう、意味？」

「昨夜《ゆうべ》秋月に、どういうつもりだって、電話で怒鳴《どな》られた」

「え、え、……ゆりちゃん？」

昨夜、ということは自分と彼女が別れたあとだ。そんなことをいつ、と思ったけれど、なによりいったいなにを告げたのかと胸がざわついた宇佐見に、矢野はふてくされたような声で言った。

「好きなひとと、どっちにしろ遠距離恋愛《えんきよりれんあい》になるけど、その前にふられるのかもって宇佐見が泣いたって。あれあんたのことだろうって」

「え……っ」

「なんで俺が、そんなこと他人から怒《おこ》られなきゃならないんだ」

矢野の怒《いか》りの理由に気づいて、宇佐見はさっと青ざめる。

(ゆ、ゆりちゃんのばか……っ)

秋月に気づかれていたことは、薄々《うすうす》わかっていた。取り乱した自分は、中学から同じで、スポーツ推薦《すいせん》でと、ごまかしたつもりでかなりの情報を口にしてしまっていたからだ。

だが、誰が代わりに言ってくれと頼《たの》んだか。なんてことをしてくれたのかと真っ青になって、宇佐見は震《ふる》える唇を開いた。

「あの、でも、あれはっ」

「なんだよ?」

ずいぶんはしょられているから、宇佐見がいかにも愚痴《ぐち》を言って泣いたように思われているようだが、じっさいには違《ちが》う。そう言おうと思ったけれど、これ以上事態をややこしくしたくなくて口ごもると、矢野はさらにイライラしたように髪《かみ》を掻《か》きむしった。

あからさまに不機嫌《ふきげん》そうな顔をする彼が、なにより怖い。さきほどまでのふんわり甘い気分などあっというまに霧散《むさん》して、宇佐見は肩をすくめて洟《はな》をすすった。

「ご、ごめん」

「なに謝ってるんだ」

「ゆりちゃん、俺のためだと思って、言ったんだと思うけど……そんなの、トモに言うことじゃ、ないから」

友情からした行動かもしれないが、そんなことを他人から言われていい気分のわけがない。

女の子はどうして他人の恋愛《れんあい》に口を出したがるんだ、と唇を嚙んでいると、矢野は汗《あせ》が染《し》みたかのように、鋭《するど》い目をさらに眇《すが》めた。

「秋月はどうでもいい。俺が怒ってるのは、宇佐見にだ」

「え、どう、どうして」

「どうしてって？　わからないのか？」

勝手に不安になって、愚痴を言ったことさえ許せないんだろうか。

もうそれならどうしたらいいのかわからない——と宇佐見がまた泣きそうになっていると、矢野は潤《うる》んだ目元を乱暴に手でこすってくる。

「なんで泣くんだよ」

「ご、めっ……」

「違う。……なんで俺じゃないやつの前で、泣くんだ！」

びりっと空気が震えるような声で怒鳴られ、宇佐見は驚《おどろ》いた。びっくりしたあまり、涙《なみだ》も引っこんでしまう。

「そんな、目潤《うる》ませた顔、秋月に見せたのか？　城山にも？」

「え、と、トモ……？」

なにかこれは、怒りのポイントが激しく違う。そう思うけれど、さっきから意外なことの連続で、宇佐見はもうなにがなんだか本当にわからない。

わからないけれど、嬉《うれ》しい、嬉しいと心臓がぴょんぴょん跳《は》ねている。

「どうしてつらいんなら、俺に直接言わないんだ。なんで宇佐見がつらいこと、他人から教えられるんだ？　おまえは、そういうのどうして、俺に隠《かく》すんだっ」

びりびりした気配が、広い肩に満ちている。あまりの迫力《はくりょく》に呑《の》まれてしまい、宇佐見は目を丸くするしかない。

「言っただろう。俺は心広くない。本当なら秋月とも城山とも、口きいてほしくないくらいだ」

「と、ともだちだよ？　それにゆりちゃんも、城山さんも本命、ちゃんと――」

「そんなの理屈《りくつ》じゃない。いやなんだっ」

まるでだだっ子だ。いつも冷静沈着《ちんちゃく》な矢野が、嫉妬《しっと》丸出しで怒り狂《くる》っているさまに、宇佐見はぽかんとなってしまう。

「宇佐見は、たぶんもっと軽くて気持ちいいだけの恋愛がしたいんだろ」

「う、え……？　な、なにそれ？　どゆ意味？」

「俺みたいな堅物《かたぶつ》で、つまんないんだろうって思うよ。でもしょうがないだろ。いま、いちゃついたりするより、来年とか五年後とか、そういうときに一緒にいるにはどうしようって、俺はそういうこと考えちゃうんだ」

なんだか自分に疲《つか》れたように、矢野は顔をしかめて髪を掻きむしった。いつも落ち着いている彼らしくない、苛立《いらだ》って、幼いようなそんな仕種《しぐさ》に、胸がちくちくと疼《うず》く。

「ちゃんと大人になって就職したってつきあっていられるには、どうすればいいんだって」

「トモ……」

「宇佐見はそんなつもりないかもしれないけど、……そんなのは、俺だけの、勝手な」

呻《うめ》くような声を発する矢野を、宇佐見は呆然《ぼうぜん》と見つめていた。

——言うタイミングは考えてた。場合によっては、宇佐見が怒るかもしれないし。

それは鹿児島へ行くことだと勘違《かんちが》いしていたけれど、一緒に暮らそうという意味だったのか。

そこまでで終わりにするのではなく、もっとずっとさきの『それから』を考えての話だったのか。

たまらなくなって、逞《たくま》しい首筋に腕《うで》を伸《の》ばした。もういいと、苦しそうな声を唇《くちびる》で吸い取って、宇佐見は思いきり矢野を抱《だ》きしめる。

「こんな話、聞くのも、いやか」

「違うよ。……違うよトモ。大好き」

ふわふわした、恋愛の甘いところを味わいたいと思っていた。思ったようにしてくれない矢野に焦《じ》れたり、不安になったりもした。

けれど、そんなさきまで見通して考えてくれるなんて思ったことは、なかった気がする。

矢野が、進路まで自分のことを考えるだけ考えて、その可能性を選択肢《せんたくし》のなかにいれてくれるなんて。

「おれも一緒にいたい。ずっと、一緒にいたい」

「宇佐見……」

「でも、ちゃんと教えて。わかんない。ひとりで考えこまれたって、おれにはわかんない」

宇佐見がつらいことを黙《だま》りこむのがいやだというのなら、矢野は矢野で言葉が足りない。

そういうことはきちんと、一緒に考えさせてほしい。

矢野ほど頭もよくないけれど、それでも宇佐見も宇佐見なりに彼のことを考えたいのだ。そう訴《うった》えると、矢野はなんだか弱気な声を出した。

「宇佐見がいいかどうか、わからないだろ」

「ど、して？」

「本当は、高校終わったらそれで終わりって……そういう、軽いののほうが好きなのかもって。城山とか見てると、ちょっと思って」

自信なげな声に、宇佐見はますます情けなくなり、へにょんと眉《まゆ》を下げた。

「ひど……おれ、疑われて」

「そうじゃない。でも、……おまえ、俺の言ってる意味、わかってるか？」

肩《かた》を摑《つか》んで、引き離《はな》される。そして、噛《か》んで含《ふく》めるような声であらためて言われたことに、宇佐見は赤面した。

「これが男と女だったら、大学卒業したらすぐ結婚《けっこん》してくれとか、そういう勢いのこと言ってんだぞ」

「わ、わかってる」

「そんなの、ふつう高校生で考えないって、それくらいはいくら俺だって、知ってるんだ」

でも考えてしまったんだと、赤くなりながら矢野は言う。

「高校に入ったときと同じ失敗は、もういやだ。大学に行って、いままでと環境《かんきょう》変わって、どうなるのかとか。すごく考えた」

「失敗って……だって、トモ、平気だったって」

かつて、ろくに口もきけなくて寂《さび》しかったと宇佐見が訴えたとき、矢野は平気だったと言った。べつに四六時中一緒《いっしょ》にいなくても、ずっと宇佐見のことは思っていたからと静かに告げた彼なのに、いまは違うともどかしげにかぶりを振《ふ》る。

「いまはもうあんなふうに、口きけなくても平気なんて思えないんだ。俺は、宇佐見がずっとそばにいないと、いやだ」

「そ……そなの？」

「それこそ、そういうのが、宇佐見には迷惑《めいわく》かもしれないけど。でも、そう思った」

自信のなさそうな言葉に、同じなんだなと宇佐見は思った。そして違うんだなとも同時に考えた。

（トモは、やっぱりすごいんだなあ）

同じ不安になるのでも、矢野はやはり堅実《けんじつ》で、そして前向きだった。いつ終わるのかではなく、どうやったら続くかと考えて、そこに自分がいるのだと教えてくれる。

「俺は、ほんとに宇佐見だけだ。ほかになんにも見えない。よそに目移りもできない。だから全部、おまえのとこにそういうのが行く」

「トモ……」

「自分でも、そういうのが、怖《こわ》い。俺はぜんぜん、器用じゃないから、そんなのが全部おまえにぶつかったら、どうなるのか怖い」

唇を嚙み、もどかしそうに言葉を綴《つづ》る矢野の目が、ぎらぎらと光っている。あまりに強すぎるそれに怯《おび》えて一瞬《いっしゅん》あとずさると、肩を強く摑まれた。

「俺以外の前で、笑うなっていうのはさすがに無理だから、言わない。でも、俺以外のやつの前で、絶対、泣くな」

無茶苦茶なことを言われていると思う。こんな束縛《そくばく》体質だとは思わなかったと、頭の半分では呆《ほう》けて、けれど宇佐見はもう、摑まれた腕の痛みさえ嬉しい。

（どーしよ……）

冷静沈着で、大人びた顔で。いつでもつれないとふてくされるしかなかった彼の言葉に、宇佐見はもう頭の中までふやけている。

「頼《たの》むから、……そんな、泣いた顔とか誰《だれ》にも見せないでくれ。頭、おかしくなるから」

「うん」

「あと、もう、勢いでもきらいとか、言わないでくれ」

うなずくと、息ができないくらいに、強く抱きしめられた。その瞬間またぼろっと涙が落ちたけれど、矢野の胸で拭《ぬぐ》うように顔をこすりつけると、不器用に頭を撫《な》でられる。

「おれも、トモだけだよ」

「うん」

同じだよ、としがみついて、宇佐見は嬉《うれ》しいなあと思う。

いちばん最初に好きになった相手に、いちばん最初に好きになってもらえた。そしてほかの誰にも目移りしないで、自分だけのものでいろと、そう言われてしまった。

「でも、トモは、いい？　おれで、いい？」

「まだ言うのか？」

「違《ちが》うよ。だって、おれ、勝手に不安になって、いやなこといっぱい言ったよ。面倒《めんどう》くさいこと、たくさん言った。やつあたり、したよ」

本当にあのときの自分は最低だったと思う。どうせどうせといじけて、受験への不安とかそういうものもいっしょくたにして、矢野にぶつけただけなのだ。

彼だって大人ではないのに、自分のことでいっぱいいっぱいであたりまえなのに。そんなことを理解してもやれないで、自分ばかり甘やかせ、やさしくしろと要求した。

「おれ、そういうのちゃんと、謝ってないよ」

「最初からそれについては怒《おこ》ってないから、謝らなくていい」

だがそれはさすがに承伏《しょうふく》できないと、ものすごく怖かった彼を覚えている宇佐見は口を尖《とが》らせて反論する。

「う、うそだ。怒ったじゃん。それに昨日のことも、断ったらすぐ、引いたし」

「やつあたりされたことに怒ったわけじゃない」

気まずそうに目を逸《そ》らし、けれどもう黙りこむのはやめることにしたのだろう。矢野はむすっとしたままこう言った。

「おまえが、俺の気持ち、疑うから怒ったんだ」

「トモ……？」

「まるで、おまえばっかりが好きなんだとか、おまえがキスしたから好きになって、俺が引きずられただけなんだみたいな。そういう、ひとの意思を無視したこと言うから怒った」

だからそこは謝れと小突《こづ》かれて、素直《すなお》にごめんなさいと頭を下げる。

「俺は、前にもちゃんと言っただろ。自覚はなかったけど、宇佐見のことは、好きだったって」

「でも、それ……だから、おれが、キスしなかったら――」

「ああもうっ。だから、違うって！」

口を指でつままれた。「うにゃ」と変な声が出て、宇佐見が目顔で促《うなが》すと、矢野はこの日何度目かわからない複雑な赤い顔で、「いいから聞け」と言う。

「もっと俺は、どうしようもなかったんだ。好きとか、そんなんじゃなかったんだ」

「だから」

「最後まで聞けよ！　口挟《はさ》むなっ」

「は、はいっ」

びしゃっと怒鳴《どな》られて、宇佐見は反射的に硬直《こうちょく》する。そのひきつった顔に矢野はまたため息をついて、ひどく苦い、けれど赤い顔で唸《うな》るように言いきった。

「俺は、おまえが、俺のものだと、本気で思ってたんだ」

「え？」

「だからっ。好きとか、きらいじゃなくって、おまえは俺のものなんだから、そんなのあたりまえだから、いちいち好ききらいなんて、考えてもいなかったんだ！」

高校に入って、しばらくろくに口もきけないでいた時期があった。そのころのことを宇佐見は寂しいと言ったけれど、矢野はそんなふうに思わなかったとあっさり答えたことがあった。

——俺は単に時間がないだけで、ずっと宇佐見とは一緒にいる、気がしてたから。

不器用な言葉でそう告げられた、そのことを宇佐見は思いだした。

それは、ただ単にずっと思っていてくれたのだと理解していたけれど、どうやら矢野のなかにあったものは、宇佐見の想像した程度の軽さではなかったらしい。

「トモ、そんなふうに、考えてたの？」

「自覚したのは最近だけど。どう考えてもそうだった」

精悍《せいかん》な頬《ほお》をそっと撫でると、手首を摑《つか》まえられて指先を強く嚙まれた。なにか、どうしようもない情動を持てあましている、そんな熱烈《ねつれつ》な仕種《しぐさ》だった。

「宇佐見おまえ、俺にとんでもないこと自覚させたって、わかってるのか」

「う……いま、ちょっとだけ、わかった」

矢野の自制心が強いのは、そのぶん情動が激しいからなのだ。ひとたびタガがはずれると、彼は自分を律せない。

なにもかもにずば抜《ぬ》けた矢野は、そういう意味でもきっと、規格外なのだろう。たぶん自己申告《しんこく》のとおりに、ふわふわ甘ったるい恋愛《れんあい》をするには不向きなタイプなのだろうと、いまさら思い知る。

怖いな、と本当に思った。自分のなかにある勝手な恐怖《きょうふ》ではなく、目の前の彼が怖いと。

けれど、宇佐見の身体《からだ》は冷えるどころか、熱を増していくばかりなのだ。

言葉と視線と気持ちで、宇佐見はまるで裸《はだか》にされて、ひどい凌辱《りょうじょく》を受けたような気がする。

そして同時に、このうえなく甘やかされたような気もする。

（死にそう）

もしかしたらやっと、矢野は自分にちゃんと、恋《こい》をしてくれたのかもしれないと思った。いままでも好きではいてくれたのだろうけれど、切実でみっともなく、どうしようもないくらいに心が乱れる、そんな気分をやっと知ったのかと。

たぶんそれは、もしかすると矢野のためには、覚えることのないほうがいい感情だったのかもしれない。だが宇佐見には、やっと同じだと感じられる、泣きたいほど嬉しい告白だった。

「どうしよう、トモ」

「なにが」

「おれ、いっちゃいそう……っ」

手をつないだだけで、もうだめだった。身体はまだ高ぶるには遠いのに、頭のなかはもう、ぐちゃぐちゃになってしまっている。

呟《つぶや》いたとたん、腕《うで》を引かれて抱《だ》きしめられた。舌を抜かれるかというくらいに強烈《きょうれつ》なキスで襲《おそ》われて、もっとされたくて胸が躍《おど》った。

「ん、んん!」

気が焦《あせ》って、歯がぶつかる。じんと口蓋《こうがい》まで響《ひび》いた痛みにやっと少しだけ唇《くちびる》を離《はな》して、けれど絡《から》めた指は離さない。

「ごめん。さっき髪《かみ》、摑んだ。痛くしてないか」

「ううん、寝癖《ねぐせ》も、あったから……」

激しいキスをしたあとにしては、不似合いなほどのやさしい手つきでぐしゃぐしゃになった髪を撫でてくれる。平気だとかぶりを振《ふ》って、宇佐見は自分から口づけをせがむ。

そして唇をあわせたまま、囁《ささや》くような声で誘《さそ》いをかけた。

「トモ、したい？」

「うん。する？」

即答《そくとう》に「うん」と答えたあとようやく気づけば、部屋のまんなかで突《つ》っ立ったままだった。

こんな場所でなにしに来たのかと言えば、一応は話をしにきたのだからいいのだが、それよりもっと有用な部屋の使いかたをすべきだろうと宇佐見は思う。

ベッドに腰《こし》を下ろして、手を握《にぎ》って、仕切り直しのキスをした。だが、やはりいまさらながらの疑問は去らず、ちょっと待ってと顔を離すと不満そうに唸られた。

「でもなんで、トモ、こんなとこ来たのさ」

「なんでって。ホテル行きたいって言ったの、宇佐見だろ」

「え……でも、好きじゃないって」

あれだけ渋《しぶ》ったのは矢野のほうだろうと目顔で問えば、矢野はとりあえず疑問には答えることにしたのだろう、いやそうな顔をしつつも理由を説明してくれた。

「好きじゃないのは、一応扶養《ふよう》家族だからだ。まだ学生だし、俺はべつにバイトもしてないし。親の金でこんなところに来るのも、宇佐見のバイト代で来るのもいやだった。けど、この間臨時収入あったから」

「臨時収入？」

「昇段《しょうだん》試験の、試合の書記と、先生たちの世話係。やったら、バイト代が出た」

これ、と茶封筒《ちゃぶうとう》を差しだされ、中身を見たら一万円が入っていた。

「上層部のひとが、内藤に渡《わた》すとピンハネするから、きみがもらっておけと言って。多すぎるって言ったんだけど、それくらいの働きはしたからって」

内藤はピンハネまでしていたのかと軽く呆《あき》れつつ、宇佐見はいまはそれどころではないと慌《あわ》ててかぶりを振った。

「だ、だめだよこんなの、使えないよ。もっと、ちゃんと大事なことに使えよ」

矢野がなにより大事な、剣道《けんどう》に関《かか》わることで得たお金だ。こんな安っぽいホテルに来るためじゃないと宇佐見は押し返そうとしたが、矢野は受けとらない。

「だから使うんだろ」

「トモ……」

「おまえと、ちゃんとしたかった。俺にはそれも、大事だから」

まじめな顔で殺し文句を言われて、宇佐見はもう死ぬと内心思った。頭のなかがちかちかすると思うほどに嬉《うれ》しくて舞《ま》いあがっていると、肩《かた》を抱かれて頭を胸に押しつけられる。

「それと、……断られてあっさり引いたのは、これだからだ」

「これ？」

「なんか、いきなり、セックスしたいからホテル行こうって、俺から言ったら……引くかと」

いささか赤くなってそっぽを向くのは、照れているからだ。宇佐見はもうたまらなくて、首筋にかじりついて顔中にキスをする。

「トモ、トモ、かわいいっ！　ああ、もう、どうしよ……っ」

「かわ……っ⁉」

押し倒《たお》された矢野は、さすがに聞き覚えのない単語にひくりと顔をひきつらせた。だが宇佐見はもうかまっていられず、浮《う》かれた気分のまま大きな身体の上でじたばたする。

「そんなんで引かない。引いたりしないっ。もう、ダイスキ……！」

もうどうしてくれよう。こうなったらなんでもする。なんでもしちゃうから、どうにでもしてほしいと宇佐見は舞いあがった。

「いつでもオッケーだから。いつでも言って。したいことあったら、全部言って」

好き好き好き、と頭を広い胸にぐりぐりしていると、矢野はため息をついて言った。

「宇佐見が、そうだから困るんだ」

「え、困る？　こういうの、引く？」

「そうじゃなくて」

腕を摑んで、ひっくり返される。あっというまもない鮮《あざ》やかな体勢の反転に、宇佐見はきょとんとしたままベッドに転がった。

「わかってるのか？　もう、ここ、親はいないんだぞ」

「うん」

足首を掴んだまま、ボトムのなかに長い指が入る。くるぶしをくすぐられてぞくぞくして、宇佐見はこくんと息を呑《の》んだ。

「俺がおまえのこと、どういうふうに扱《あつか》っても、止めるやついないんだから」

「うん、いい。それでいい」

「なにするか、わからない」

「なにしても、いい」

胸の上に手を置かれて、じりじりと撫《な》でられる。期待だけで尖《とが》った乳首《ちくび》に触《ふ》れそうで触れないのは、焦《じ》らしているのか自制なのか、よくわからない。

けれどもう、そんな時間さえもったいなくて、結局宇佐見は濡《ぬ》れた目で誘ってしまうのだ。

「……秋月とは、なんにもしてないよな？」

「しないよ。ゆりちゃんは……そういうんじゃ、ないよ」

そんなに気にすることだろうか。首筋に顔を埋《うず》めた矢野がむっつりと呟くのに首をかしげ、あっと宇佐見は気がついた。

「あ。あの、コロンはただ、一緒《いっしょ》にいたから移っただけだから」

「まあ……信じるけど」

　さっきから気にしていたのはそれかと、ようやく理由に気づいた宇佐見は苦笑《くしょう》する。秋月の纏《まと》っていたエスカーダは、ほんのり甘くていいにおいだった。

（そういえば……芽衣さんからも同じにおい、してたな）

　ほんの少し秋月の気持ちがいじらしいような、悲しいような気分になって、けれど宇佐見はそれよりも、目の前の健康的なにおいのする青年を抱きしめることが優先だと思う。

　かすかな汗《あせ》のにおいと、洗い立てのシャツの洗剤《せんざい》の香《かお》り。矢野の清潔なそれを、もっといっぱい吸いこみたい。そしてもっと、乱れたいやらしいにおいも味わいたいと思う。

「ね、トモ。一緒に、お風呂《ふろ》はいろうよ。それで、おれのこと、洗って。きれいにして」

「宇佐見……」

「おれも、トモのこと洗ってあげるから」

　手を重ねて、誘ったそれは拒《こば》まれることはなかった。どころか、早くしろと腕を摑んで引っぱったのは矢野のほうで、その余裕《よゆう》のない態度にどうしようもなくくすぐったくなる。

（こういうのたまに、ちゃんと教えて）

　もっと自分と同じくらい、だめな部分をさらしてほしい。冷静できちんとした矢野の乱れる姿は、宇佐見をたまらなく高揚《こうよう》させる。

　バスルームに向かうまでにかわしたキスは三回、途中《とちゅう》で立ち止まってしまうほどに濃厚《のうこう》で、もうこれだけでいってもいいと言ったら、もったいないからいやだと言われて爆笑《ばくしょう》した。

＊　＊　＊

そこそこ小ぎれいなホテルにはたくさんの設備がついていた。無駄《むだ》に広い風呂のなかには、なんでかテレビまでついている。

こうなったら一万円ぶんがっちりもとを取ってやるかと、宇佐見と矢野は浴槽《よくそう》に併設《へいせつ》されたジャグジーに浸《つ》かり、あわあわのお湯のなかでときどきいたずらしながら、身体《からだ》の洗いっこもした。

当然、せっぱつまった身体が我慢《がまん》できるわけもなく、とりあえずはお互《たが》いに手で射精させあって、少しだけ落ち着かせる。

少し小型の防水テレビは、ちょっとつけてみたら定番のAVが流れてきたのだが、べつに興味もなさそうな顔の矢野がいたのですぐ消した。

「トモ、AVとかきらい？」

「部の連中に見せられたけど、あんまりきれいじゃないし、見たいと思ったことない」

矢野はそう言いながらずっと宇佐見の尻《しり》を触《さわ》っているけれど、顔だけはまったく平常なままだ。むっつりくんめ、と思いながらもふにふにと揉《も》まれているのはわりと気持ちがいいので、宇佐見はそのままにさせておく。

「きれいじゃない、って、どんなの見たん？　ＳＭ？　スカトロ系？」

「けろっとすごいこと言うよな……宇佐見は」

いやそうな顔をする矢野が手を離《はな》してしまう。呆れたのかと思ったら単に汗ばんだ自分の顔を洗いたかったらしい。濡れた髪《かみ》をかきあげると、もともと精悍《せいかん》な顔がもっと男臭《くさ》く見えて、宇佐見はこっそり胸をときめかせる。

「なんて書いてあったかな……ぶっかけ、とかなんとか」

「あー……汁《しる》系ね。おれもあれ、えぐくて苦手」

どういう需要《じゅよう》があるのか知らないが、女優さんにやたらと精液をかけまくるという手合いのビデオがあるのだ。映像ではにおいが伝わってこないけれど、現場はけっこうすごいことになっているんじゃないだろうかと想像すると、胸焼けしてしまう。

「まあ、大半は人工のやつだって聞くけど」

「あれ。トモ意外と知ってんね」

以前には告白された断り方もわからないとうろたえていた堅物《かたぶつ》なのに、いったいどうしちゃったの、と目を丸くすると、気まずそうに矢野は口ごもった。下からじっと見あげていると、彼はため息をついて観念した。

「去年、合宿のまえに、しただろ」

「したって、えっち？」

「そう。で……おまえ、思いっきり背中に痕《あと》、つけただろ。あれが部内の連中と、合宿先の連中にばれて」

「あ！　そ、そうだ。あれどうなった？　なんか問題とかなかったか？」

思い当たる節のある宇佐見は真っ赤になる。騒《さわ》ぎにはならなかったのだろうかと、いまさらながら心配になっておろおろすると、矢野は苦笑して宇佐見の耳を引っぱった。

「問題っていうか、あれのおかげで、部内の連中とは変にうち解けた」

「へ？」

「いや、どこのどんな女だとか、矢野もそんな顔でやるんだなとか、妙《みょう》に尊敬された」

剣道《けんどう》部のなかでもやはり、矢野には近寄りがたいという空気があったらしい。だが合宿時、広々とした背中に情交の痕をつけて堂々と、顔も態度も平静なまま着替《きが》えも風呂もやってのける矢野に対して、周囲は『猛者《もさ》だ……！』と変な感動を覚え、あげくにはいままでお呼びのなかったAV鑑賞会《かんしょうかい》にまで引っ張りこまれたのだそうだ。

「で、見せられてもつまらなかったし、べつに気が利《き》いたこと言えるわけでもないんだけど、まわりからは勝手に『さすがに経験者は違《ちが》う』とか言われて、勝手に盛りあがられた」

世間のイメージはともかくとして、なんだかんだ言っても、高校生で本番エッチまでの体験をしているものは、じつはそう多くない。とくにまじめな体育会系部の連中ならなおのことで、特進・剣道部エースの矢野がそちらの道まで達人であるとなれば、もはや周囲は反発どころではなくなったのだろう。

（あ、そういや一年生、すごい一生懸命《けんめい》、挨拶《あいさつ》してきた）

あれはただ単に礼儀《れいぎ》作法かと思っていたのだが、たしかに親しみもこもっていた気がする。

それはそれで悪いことではないにせよ、ことの起こりが自分だというのはいささか複雑だ。

「えーっと、それって、よかったのかなあ？」

「まあ、ある意味じゃいまの部内の統率《とうそつ》には役に立ったんじゃないのか」

けろっと言う矢野も、だいぶふてぶてしくなったのだろうか。呆《あき》れるようなときめくような気分で宇佐見は笑ってしまい、ぺたんと身体をくっつける。

「ていうか、ラブホってほんとにこんなんあるんだ……」

湯船で矢野と並んで入り、いわゆるところのスケベ椅子《いす》をしげしげ眺《なが》めた宇佐見の言葉に、矢野は軽く目を瞠《みは》る。

「ほんとにって、来たことあるんじゃないのか？」

「え？　おれ、こゆとこは、はじめてだよ」

それに関しては本当だった。何人かとエッチなことをしなくはなかったが、こういうがっつりのラブホテルに入ったのは正真正銘《しょうしんしょうめい》生まれてはじめてだ。

「だって、前に相場がどうとか、わりと高いとか言ってただろ」

「だから、一般論《いっぱん》だって言ったじゃん。知ってはいるけど、使ったことない」

「へえ……」

意外そうに言われて、妙に複雑になった。矢野が嬉《うれ》しそうだったせいもあるし、ラブホテルのほうがなんぼもマシ、というところで慌《あわ》ただしいセックスをしたことのある自分にちょっと反省したからでもある。

「じゃ、俺とがはじめてか」

「うん……トモが、最初」

近寄ってこられて、なんとなく逃《に》げる。本気ではないのですぐ捕《つか》まえられて、泡風呂《あわぶろ》のなかで背中からぴったり抱《だ》きしめられた。小さく息を呑《の》んだ宇佐見のうなじを舐《な》めて、矢野がぶすっと呟《つぶや》く。

「にがい」

「あは、そりゃ、せっけんついて……っ」

泡だらけの湯のなかで、ぬるっとすべった手が胸をさわった。さっきも身体を洗うときにさんざん意地悪をされていたので、もう過敏《かびん》に尖《とが》ってしまっている。

「……あ、やだ」

キスをしながら乳首《ちくび》をずっといじめてくるので、お返しに脚《あし》の間にあるそれをめがけ、宇佐見は腰《こし》をこすりつけた。だが、尻の狭間《はざま》にぬるぬるすべるそれは、意趣返《いしゅがえ》しをするよりなにより欲しくなってしまって、声を漏《も》らしながら宇佐見はじゃぶじゃぶとお湯を泡立《あわだ》てる。

「こ、このまま、はいっちゃいそう……」

「まだ、無理だろ」

「だって、トモ、すっごいかた……っあ！」

ぐりぐり押しつけていると、ちょっとさきっぽだけ入ってしまった。そんなふうになっているお互いが恥《は》ずかしく、けれどやはり受け入れるにはまだ準備が足りない。

「もう、出よう……のぼせる」

「ん」

余裕《よゆう》などまるでない顔をあわせてまたキスをして、シャワーで身体を流すと、身体を拭《ふ》くのもそこそこに、抱きあったまま部屋に戻《もど》る。なんとなくふたりとも歩きにくい状態になっていて、おまけにあちこち触りあったままだから、辿《たど》りついたベッドにはどさっと倒《たお》れこんでしまった。

（きもちいい）

ひんやりしたシーツに肌《はだ》を寄せて、なにしようかな、と宇佐見は考えた。けれど目の前に矢野のそれが、痛そうに張りつめていたので、なにもかも吹《ふ》っ飛んだまま口をつける。

「んっ……」

唇《くちびる》に含《ふく》むと、ぴくんと震《ふる》えるそれが妙にかわいく思える。大事に舌を這《は》わせ、痛くしないと教えるようにゆるゆると口を上下させて、どんどん熱くさせていく。

ばかみたいに広いベッドでは、どんな格好をしようが無理がなさそうだった。長い脚の間にうずくまって、ひさびさにそれをくわえていると、矢野はベッドヘッドのカゴのなかから目的のものを見つけたらしい。

「つめたっ」

「ごめん。なんかこれ、水っぽいな」

いつものそれとは違う、さらっとしたローションが尻《しり》に垂れた。わざとではなく、扱《あつか》いがよくわからなかったらしい。あまり粘《ねば》りのないそれでだいじょうぶかと思ったけれど、指を入れられたらむしろ抵抗《ていこう》感がないのでびっくりした。

「トモ、そ……それ、なんて、やつ？」

「なんてって……これ」

紫色《むらさきいろ》のボトルを目の前にかざされて、宇佐見はその名称《めいしょう》を覚えた。今度、携帯《けいたい》サイトあたりからで通販《つうはん》できるだろうかと煮《に》えきったことを考えながら、ゆっくりなかをいじる指を感じ、口のなかで震えるそれをゆるゆると舐める。

「すっご……こんな、かちかち、だあ……」

「言うなよ。そっちだって」

こんなだ、と指をまわされて、吸いついた口が窄《つぼ》まってしまう。刺激《しげき》に呻《うめ》いた矢野が二本目の指を埋《う》めてきて、また感じて、腰が揺《ゆ》れる。

嚙《か》んじゃうからやめてと言ったら、もう遊ばないでこっちに来いと抱きしめられた。身体《からだ》の上に乗せられて、性器のかわりに矢野の舌を吸いながら、ゆっくり焦《あせ》らないようにほぐしてくれる指使いで、宇佐見はどんどん乱れていく。

「ここ、も……」

シーツに腕《うで》をついて、かまってくれと胸を反らす。宇佐見のうしろに指を入れたまま、つんとした乳首を舌でいじられて、とてつもなく恥ずかしい声をあげながら宇佐見は矢野の性器を撫《な》でさすり、腰を揺り動かした。

「んっ、んー……っ、ああ、あ!」

ぱさぱさと音がするほど髪《かみ》を振《ふ》り乱し、矢野の形のいい頭を胸に抱きしめる。痛烈《つうれつ》なまでの鋭《するど》い快感に瞼《まぶた》がじんと痺《しび》れて、視界はまばたきのたびに潤《うる》んで揺れた。

脚を絡《から》めて、高ぶる身体をこすりつけあって、広いベッドの上を転がる。上になったり、下になったりしながら何度もキスをして、身体を芯《しん》まで溶《と》かしてくれる丁寧《ていねい》な指使いに泣きたくなった。

「宇佐見、もういい?」

「んん、い……もう、欲しい」

シーツに仰向《あおむ》けに転がって、膝《ひざ》から内腿《うちもも》を撫でられながらせがまれた。うなずくと矢野はまたカゴのなかに手を伸《の》ばしたけれど、その手首を摑《つか》んで宇佐見は止める。

「いいよ、いらない。ナマでしていい」

「え……けど」

さっきちゃんと洗ってくれたから、と宇佐見は鋭角的《えいかく》な顎《あご》にキスをする。

「出しちゃって、いい……トモ、またあとでも、洗ってくれるだろ？」

濡《ぬ》れきった声と目つきでせがむと、真っ赤になった矢野が強く身体を抱いてくる。もうものも言わずに脚を開かされ、ほっこりと熱くなったところに硬《かた》いものが押しつけられる。

「痛かったら言え」

「ん、へいき……んあっ、あ！」

くぷんと開いていく、ひさしぶりの感触《かんしょく》に胸が震えた。痛いどころではなく、とろりと溶けきったようにやわらいだ場所はひといきに矢野のそれを飲みこんで、爪先《つまさき》まで甘い痺れがかけぬける。

こうされると、頭のなかまで全部が矢野のものになった気がする。充溢《じゅういつ》感と息苦しさが混じりあって、ふくらはぎにきゅっと力が入った。

「あー……っん、あ、う」

「宇佐見、気持ちよさそう」

せつなそうな顔で言われて、うん、とうなずいた。ごまかしてもしょうがない、だってこんなに気持ちがいい。

（やさしく、されてる）

考えてみれば、矢野はどんなに切羽詰《せっぱつ》まっていても、宇佐見のそこにいきなり入れようなどとしたことはなかった。つれない顔を見せるくせに、下準備を面倒《めんどう》がったり突《つ》き放すこともされたことがない。

そんなことにいまさら気づくのは、いつだって彼がめいっぱいの情熱で触《ふ》れてくれたからなのだろう。

「すっごい、したかった……」

「俺も」

抱きあって、ため息混じりの声をかわしてまた口づける。

振動《しんどう》によって吸いつき離《はな》れる粘膜《ねんまく》が、矢野のそれに向かって絡みつく。ぞろりとなかが蠢《うごめ》き、腹の奥が熱くなる。小刻みな動きはなまなましく、じっと顔を見たままの矢野の視線も恥ずかしい。

「トモも、気持ちよさそう」

「うん……いい。宇佐見の、なか……あったかくて、すごく好きだ」

「ふあ、ん……っ」

入れてるとほっとする。そんなことを言われるともう、グダグダのメロメロになってしまう。

熱に潤んだような目で見つめて、ときどきキスをする。舌を舐めると我慢《がまん》できなくなったように呻いて、大きく腰を引いてはまたえぐりこんでくる。

額をくっつけて、何度もキスしながら嬉《うれ》しいと相手に訴《うった》える。身体も気持ちも解放されきった状態のまま、好きな相手とつながっている時間の至福に、宇佐見は酔《よ》った。

けれど、甘いばかりではいられないのが若さということなのだろうか。

「あう、あ……ふ、くうっ」

膝を両方摑んだまま思いきり拡げられ、抜《ぬ》き差しするのではなくぴったり奥《おく》につけたまま、前後に腰《こし》を揺り動かされ、にちゃにちゃと音を立てている。

ぐじゅっと音を立てて、大きく出し入れされるとたまらない。抜かれるときに全身の毛穴から汗《あせ》が噴《ふ》きだし、押し入ってくるそれに腰骨《こしぼね》のうしろがうずうずした。

「ん、も……あっ、もう、もうっ、そんな」

「悪い。止まらない」

「あ、あ、あ……っ」

長くて大きいそれの形が、目を閉じるとまざまざと脳裏《のうり》に浮《う》かぶ。次第《しだい》にそのストロークが激しく速くなってきて、膝下《しつか》がびくんと跳《は》ねて空を蹴《け》った。

次第に、眩暈《めまい》がするくらいに動きが速くなってきた。宇佐見の感じるところや反応の激しくなる部分ではとくにしつこく動くから、無意識のまま腰が浮いてしまう。

「ふああっ、あ、やだぁあ！」

悲鳴のような声をあげて仰《の》け反ると、上体を倒して顔を覗《のぞ》きこまれた。さらに奥へと押しこむような動きと、獣《けもの》じみた矢野の視線に身体中が炙《あぶ》られる。

（やだ、そんな、入れたり、出したり）

矢野が自分の性器を、宇佐見の粘膜にこすりつけ、快感を味わっている。そう思い知らせるような卑猥《ひわい》なそれに、羞恥《しゅうち》と快感が混ざり合って襲《おそ》ってくる。

「やだ、やっ、トモ……それ、それやだ」

「いや、か？」

「やだ、やっ……そ、そんな、突いちゃやだっ……ああ、あ！」

粘《ねば》ついた水音は、どんどん感覚を狭《せば》めてくる。ぐちゅぐちゅされてる、と考えたら頭の芯がかあっと熱くなって、宇佐見の性器からも雫《しずく》がとろとろと溢《あふ》れだした。

（セックスしてんだ……すごい、やらしいこと、トモと、してる）

荒《あ》れた呼吸と息づかい、抱《だ》きしめた身体《からだ》の熱さと、汗のにおい。摑まれた腕の痛みや、身体の重み。お互《たが》いの身体から溢れたそれのいやらしいにおいも、宇佐見の興奮をどこまでも煽《あお》る。

そして身体中のどこもかしこも、ひりひり尖《とが》って甘く痛んで、全部を矢野にめちゃくちゃにしてほしくなる。なのに、口から出るのは気持ちと正反対の言葉ばかりだ。

「いや……やだ、怖《こわ》い」

もっとしたい、でもされたくない。触《さわ》られたいけど触らないでほしい。

感じすぎるのも、いつになく激しい矢野の求めかたにも怯《おび》えてかぶりを振る。けれど、ふだんなら「ごめん」と引いてくれるはずの彼は、伸びた前髪《まえがみ》をかき上げるようにして言った。

「怖くても、やめない」

「えっ、あっ、うそ、いっ——ひあ！」

あげく、逃《に》げようとずりあがる腰を摑んで、思いきり叩《たた》きつけてくる。ぱん！　と肉のぶつかる音がした瞬間《しゅんかん》、宇佐見の身体はがくんと大きく跳ね、こわばっていたところからなにかが飛びだしていった。

「……いった？　宇佐見」

「あ、あ……いやぁ……」

しゃくりあげて泣いて、こわい、と震《ふる》える声で言った。涙《なみだ》のこぼれる頰《ほお》を拭《ぬぐ》う硬い手のひらはやさしいのに、口元だけ笑わせた矢野の腰は少しも止まらない。どころか、ますます複雑なうねりと執拗《しつよう》さで宇佐見をえぐるから、達したまま少しも降りられない感覚に宇佐見は怯えた。

「も、や、ちょっ……ま、待って、トモ、待ってて」

「待たない」

「いやっ、やだ、トモ怖い、怖いよっ……あう！」

指を、宇佐見の濡れそぼった先端《せんたん》になすりつけてくる。いったばかりのそこにはざらついた指の感触はただ痛くて、いやだとかぶりを振っても聞いてくれない。

「怖くても、だめだ。宇佐見が悪い」

「なん、でぇ……っ？　あ、いじっちゃ、やだ、いじっちゃ……っ」

腹の上にべっとりと吐《は》き出した体液を拭った矢野は、それを口元に運ぶと舌を見せつけるようにしてぺろりと舐《な》めた。獣じみた所作にぞくっと背中が震え、熱を包んだ場所がどうしてか、甘く竦《すく》む。

「ぜんぜん、ここ、いやがってない」

「やだっ！」

あまつさえ、その指をつながった場所におろし、小刻みに震えながら彼を締《し》めつける粘膜の縁《ふち》に触れてくる。

「さわっちゃ……やっ」

「だいぶ覚えたんだ。本当にだめなとき、宇佐見はここがすごく、かたくなる」

「んあ！」

「でも、いまちゃんと、やわらかいし。それにおまえ、ちゃんといやだって言うから」

ぐっぐっとまたなかでそれを揺《ゆ》すられて、宇佐見はもう声もない。ただ、ぱくぱくと口を開閉して、体内に凝《こご》った激しすぎる感覚に耐《た》える。

「痛かったりつらいと、笑うだろ」

「う……っそ、そんな、こと、なっ……」

「それで、平気だ平気だって言って、俺のいないところでは泣くんだ」

妙《みょう》に実感のこもった苦い声に、宇佐見は泣き濡《ぬ》れた目を瞠《みは》る。赤くなった縁を唇《くちびる》で撫《な》でられて、頰まで感じるからぞくりとした。

「も、もお、泣かないっ……から」

「ほんとに？」

本当に、とうなずくと、ゆっくり唇を吸われた。いつのまにこんな、なだめるようなキスを覚えたのだろうと思い、教えたのは自分かなと思ったらやっぱり嬉しくなった。

セックスを生殖行為《せいしょくこうい》だと定義づけるのならば、いまのこの時間は無駄《むだ》といえば、このうえなく無駄な行為かもしれない。

大事だから、芽衣とセックスはできないと秋月は言った。宇佐見も、こんな顔をさらすのはすごく怖いなと思うし、ときどき胸の奥がひんやりすることもある。

けれど宇佐見も矢野も必死な顔で、汗まみれで、大事に大事に相手のことを抱きしめている。言葉だけで追いつかない、愛情とか恋心《こいごころ》とか、そんなものをお互いの肌《はだ》に塗《ぬ》りつけて、どうかわかってと訴えるのにはなにより有効な時間だ。

大事だから、する。大事だから、しない。どちらも本当で、嘘《うそ》はない。なにを、どんな形を選んだのか、ただそれだけなのだろう。

「トモ、トモ……あの、あのっ」

「うん？」

「お、おれの身体、すき？　おれとセックスすんの、好き？」

問いかけると、矢野は一瞬《いっしゅん》めんくらった顔をした。だが息を切らして、必死な声で答えを待つ宇佐見の涙目に気づくと、そこを舌先でぺろりと舐めながら言う。

「このことばっかり、考えそうになるくらいには」

「ひ、んっ」

ときどき、矢野は動物っぽい仕種《しぐさ》になる。主にそれはこういう時間に起きることで、ふだん冷静で理知的に見えるあれは、やはりかなり自分を律しているのかと宇佐見は思う。

「あんっあっ、あっあっ」

だってそうじゃなかったら、こんな腰の使いかたはしない。なかをかき混ぜて突《つ》きあげて、根こそぎえぐり取るみたいな強烈《きょうれつ》なそれに、宇佐見はいつも食べられていると思う。

長い四肢《しし》でのしかかり、宇佐見を凝視《ぎょうし》したまま腰を動かす矢野が、目を眇《すが》めて唇を舐めた。

矢野はこういうとき、まばたきの回数がひどく少ない。それもどこか野生の獣じみている。

「と、トモ、トモ……っ」

「んん？」

首筋に噛《か》みついて、歯を当てたまま舐められる。本能を剝《む》きだしにしたような矢野の背中は汗まみれで、拭うように手のひらをすべらせた宇佐見は激しく犯《おか》されながらたしかに喜んだ。

「なか、で、いって……なか、しゃせ……して」

「……っ、この、なにっ……」

「あっあっ、あ！」

腰《こし》を摑《つか》んで、もっとと引き寄せる。びくっと跳《は》ねた長い脚《あし》に自分のそれを絡《から》め、突いてくる動きにあわせて宇佐見もそこを動かした。すると、強烈な充溢《じゅういつ》感と激しい刺激《しげき》の両方を同時に味わえるのがわかった。

「あ、これいい……っ、いっぱい、いっぱいに、なる」

「いっぱい……って？」

よくてたまらず、円を描《えが》くように腰を揺すって宇佐見はすすり泣く。淫蕩《いんとう》なうねりを見つめた矢野は片目をすがめて唇を嚙み、腰を持ちあげて尻《しり》を摑んできた。

「ここが、いっぱいなのか？」

「んん、そこ、いっぱいっ……トモ、トモのが、かたくて……きもちいい、よおっ」

「うさ、みっ」

脳まで甘いなにかがひといきに走る。一度去って、また来る、その快感のパルスは矢野の性器が出入りするたびに訪《おとず》れて、胸のさきも性器も、ろくに触られていないのにじんじん尖った。

「なに……してんだよ」

「いじっ……って、くんない、からあ」

片手で矢野に縋《すが》りつき、もう片手で物足りない胸をつまんで押しつぶす。けれど自分のふにゃりとした指先ではものたりず、つねるようにひねって刺激する。

「痛くなるだろ」

「やあっ、あっ！　い、痛いの、いい……っ」

身体中が快感という蜜《みつ》に浸《ひた》ってふやけたようで、少しの刺激じゃ物足りなくなっているのだ。甘いだけでは足りないと腰をよじると、矢野がぐいと腰を持ちあげて胸を噛む。

「ひんっ」

腰の上に座る格好のまま、引き抜《ぬ》かれる、と思うくらいに乳首《ちくび》を吸われた。そして解放されたあと、じわあっと血の気が戻《もど》ってくるのがたまらなくよくて、反対側もしてくれと矢野の頭を抱《だ》きしめる。

腰を打ちつけるような律動と、腹の奥をかきまわされる不思議な感覚。こんなことがどうして気持ちいいのか、こんなに欲しくなるのかもよくわからないけれど、お互《たが》いの欲情を混ぜ合わせるたびに求める心が強くなる。

言葉がうまくないという矢野が宇佐見の身体を貪《むさぼ》るたび、好きだ、好きだと言われている気がするのはきっと、錯覚《さっかく》などではないのだろう。

「ああ、も、たまんな、い……」

「いいか？」

「いい、もう、へんになるっ」

ぎしぎしとベッドを鳴らして上下に揺さぶられて、宇佐見の身体《からだ》がぐらっとかしいだ。ああ、倒《たお》れると思った瞬間、ベッドヘッドのなんだかわからないボタンに手が触《ふ》れて、ふっと部屋がベッド近辺の一部を残して暗くなる。

「わっ？」

「な、なんだ？」

「え？　あれ？　変なとこ、押しちゃっ……」

突然《とつぜん》のそれにびっくりして思わずお互いを抱きしめる。なにか照明のスイッチでも入れてしまったようだ、と状況《じょうきょう》判断をした宇佐見が軽く息をつくと、矢野はなにかに気を取られたように窓のほうを見ていた。

「なに？　どしたんだ？」

「宇佐見、……あれ」

見ろ、と言われて振《ふ》り向いた宇佐見は、坪庭《つぼにわ》のあったほうを眺《なが》めて「ぎゃっ」と声をあげた。

そこにはさきほどまでの、砂利《じゃり》をしいた坪庭は見えず、ただ裸《はだか》で抱きあうふたりの姿が映しだされている。

「ななな、なに？　なんで映ってんのっ⁉」

「マジックミラー……に、なってんだろうな」

どうやら坪庭のある無駄なガラス面は、演出的な意味もあったらしい。部屋の照度が逆転すると、もろに鏡のようになってしまうのだ。

おまけに、ベッドの周辺だけは上部からの灯《あか》りがついたままで、まるでピンスポットでも浴びたかのように、抱きあうふたりの姿だけが克明《こくめい》に浮《う》かびあがっている。

「うわ、恥《は》ずかし……っ」

慌《あわ》てて矢野の肩《かた》に顔を伏《ふ》せるけれど、一瞬だけ見えてしまった。座ったまま矢野を受け入れた自分の尻の奥に、しっかりと彼のアレが打ちこまれている。

（み、見えちゃった……入ってるとこ……）

自分ではけっして見ることのできない角度からのそれに、ざわっとうなじが総毛だった。

やたらに窓との距離《きょり》が近いと思ったら、そういうことだったのか。身体中を真っ赤にして矢野にしがみついていた宇佐見は、ごくんと彼の喉《のど》もとが上下するのに気づいた。

「トモっ、なにいつまでも見てんだよっ」

「いや、だって……なんか、これ」

このむっつりスケベ。見るなというのにと思わず涙目《なみだめ》で嚙みつけば、とんと胸を押されてシーツに倒される。

「え？ え、ちょっ、な、なにっ」

「や、ごめん。悪い。あとで謝る」

「まってまってトモっ、目が怖《こわ》い、目が！」

ひぎゃーっと悲鳴をあげても、切れた矢野は止まらなかった。強引《ごういん》に抜かれたかと思うと俯《うつぶ》せにされ、よりによってガラス面に顔を向けたまま、腰を抱《かか》えあげられる。

「や、やだ、それはやだっ……いれちゃ、や、入れちゃやだっ」

「ごめん……入れる」

「ばか、トモっ、きらいっ……あぁあん！」

じたばたしても無駄《むだ》で、きらいだと言ったのに聞いてもいない。ほころびきった場所はいくら力を入れても矢野の長いそれを受け入れてしまう。おまけにびっくりして目を閉じるのも忘れたので、入れられるときの自分の顔が全部見えた。

（あんな、あんな顔してんだ、おれ。あんな……いやらしくて、うっとりした顔で、涙も汗《あせ》も唾液《だえき》もどろどろで。死んじゃう、嬉《うれ》しい、と顔で全部語ってしまっている。

こんなんじゃ、どれだけ好きかなんてばればれだ。口で怖いだのいやだの言っても矢野が強気なわけだと気づくと、宇佐見はさすがに恥《は》ずかしかった。

（しかも、トモの、ほんとに、でかっ……！）

おまけに、出し入れされているところまで見てしまった。目の前にしたことはあっても、自分の小さめの尻にアレが、じっさいに入っているトコロを見るのはかなり強烈《きょうれつ》なインパクトがあって、目の前がちかちかしている。

「……宇佐見、顔伏せないで」

「やだ……」

「見せろよ。おまえ、うしろから入れるの好きだろ」

「い、言うな……っ！」

ほんとに好きだけれどそれはあんまり言われたくない。こんなんでも、一応の羞恥心《しゅうちしん》とか、複雑さとかはちょっとくらいは残っているのだ。

だが、ぷっつり切れた矢野は、大変に容赦《ようしゃ》がなかった。

「なんで。俺は、いつも、宇佐見の背中と顔と、入ってるとこいっぺんに見たかった」

「ト、ト、トモ、はず、恥ずかしい」

「恥ずかしいよ。……だから言っただろうが、おまえほんとに、俺が本気で平気かって」

「言われたけどっ！」

それにしてもちょっと許容範囲《はんい》を超《こ》えそうだ。ときどきこの天然は、宇佐見の心臓と脳が崩《ほう》壊《かい》しそうなことをやってのける。

（もうちょっと段階踏《ふ》んでくれよう……！）

キスしたらふつうに照れていやそうな顔をするくせに、なんでこうなると際限がないのだ。

どうしていいかわからなくてぶるぶる震《ふる》えていると、背中に広い胸が覆《おお》い被《かぶ》さってくる。

「見たい、宇佐見」

「ふぐー……」

「顔あげて、見せて」

おまけにずるかった。切羽詰《せっぱつ》まったような熱っぽい声で、とんでもなく卑猥《ひわい》なことを言って、結局宇佐見が逆らえるはずがないのもきっと、矢野は知っている。

（ほんとは強引だもんなあ……）

不安だなどと言ってみても、基本として矢野はひとに勝つのが好きなのだ。そうじゃなければ剣道《けんどう》なんてスポーツで、あんなに強いわけがない。

でもそういう、無意識の傲慢《ごうまん》さにもけっこう惹《ひ》かれているのだから、これは宇佐見も悪い。

「笑ったら、やだ……」

「笑わない」

洟《はな》をすすって、のろのろと前を向いた。ものすごく恥ずかしそうに目を潤《うる》ませた自分と、それを鏡越《かがみご》しに覗《のぞ》きこむ矢野の鋭《するど》い顔とのギャップにまた恥ずかしくなる。

「ひあ、んんっ」

おまけに、宇佐見が顔をあげたとたんに、うしろのそれが大きくなった。露骨《ろこつ》すぎる反応に腰《こし》がくだけて、へたんと上半身を倒したものだから、さらにつながったところまで見えた。

「おっき……い」

ぼんやり霞《かす》んだ目でそれを確かめ、宇佐見は虚《うつ》ろに呟《つぶや》いた。もう脈搏《みゃくはく》が激しすぎて耳のなかは心臓の音でいっぱいなのに、矢野が喉を鳴らす音がやけに大きく聞こえ——。

「え、うあっ⁉」

腋《わき》に手を入れられ、いきなりうしろに引きずりあげられる。まさかと思っていると宇佐見ごと身体を起こしてベッドに座りこんだ矢野が、腿《もも》を抱えて脚《あし》を開かせた。

（ひー……！　ま、丸見え……っ）

ちょっとこれはもうAV真っ青の体位だと宇佐見が硬直《こうちょく》すれば、うなじを舐《な》めた矢野が低く唸《うな》って上下に揺《ゆ》さぶりをかけてくる。ほとんど持ちあげられるような状態で、やっぱり力が強いんだなと妙《みょう》に冷静なことを考えたのは、もうあまりのことにまともな判断ができないからだ。

「え、AVとかきれいじゃないから、見たくないって言ってたくせに……っ」

「宇佐見以外見てもつまらん」

よくまわらない頭で精一杯《せいいっぱい》の悪態をついたら、半分ぐらい欲情で飛んでいる声で、あっさり言われてしまう。そんな台詞《せりふ》にときめく自分もどうかしていると思うが、つながったところが理性に反してぎゅっと窄《つぼ》まり、宇佐見の悦《よろこ》びを表現してしまった。

「うわ……締《し》まった」

「もうやだ、トモ、や……やらしすぎる、よぉ……！」

「どうでもいいよ。目、閉じるなよ」

ずる、ずる、とゆっくり動くのもわざとだろう。目を閉じても逸《そ》らしても、矢野が意地悪くあちこちをいじって咎《とが》めてくるので、宇佐見は自分たちのセックスをずっと見たままの状態を強《し》いられた。

「宇佐見だって、すごいだろ」

「言うなって、のに……！」

べとべとになったそこが、ふつうじゃなく興奮しているのもわかっている。わかっているから恥ずかしいのにいちいち言ってくれなくていい。

「なんか、へ、変態っぽくない？」

「もう、俺はそんなのどうでもいい」

「どう、でも、よくなっ……あっ、ああ、んんん！」

いっちゃってるよ、トモかなりいっちゃってるよ。心の声ではそう叫《さけ》ぶのに、口から出ていくのは信じがたいほどいやらしい、矢野の律動にとぎれがちになるあえぎしかない。

（もうこれ、やばすぎ……おれ、いきっぱなしに、なってる）

ふつうのエッチができなくなったらどうしたらいいんだ。そう思うくらいには、本当は宇佐見もすごくなっている。揺さぶる動きが激しくなって、もうなんだかわからないくらいにすごくて、悲鳴のような声をあげた。

「もっと、声聞かせてくれ。ここならべつに、誰《だれ》も聞いてない」

「やーっ……もう、やだあ」

「受験、終わるまで、それで我慢《がまん》する」

こんないやらしいことを言う矢野なんか知らない。そう思ったけれど、腰を掴《つか》まれてめちゃくちゃに揺さぶられると、言うなりになってあえぎまくった。

「やだ、そんなのやだ」

「いやか？」

「我慢なんかしたらやだっ、おれ、我慢できないもん……！」

朦朧《もうろう》として口走った本音に、矢野が煽《あお》られたのは当然だったろう。もうどこになにが入って、どうなっているのかもわからなくなって、宇佐見は自分でも腰を振《ふ》りながら必死で訴《うった》えた。

「いっちゃ、いっちゃうトモ、もういく、いくっ」

「ん、いい……いって、前、向いてて」

「もうやだ、もう見たくないっ……あ、あふ！」

揺れる身体《からだ》とか、矢野の険しい眉間《みけん》とか、そんなのを見ているだけでもいきそうなのに、なかがぐちゃぐちゃにされて脚の間はいじられ続けて、宇佐見は頭がどうにかなるかと思った。

（もう、なにがなんだか、わかんないっ）

よすぎてせつなくて苦しい。なにかに縋《すが》りつきたいのに目の前には鏡とシーツしかなくて、目を閉じようとするたび矢野に顎《あご》を持ちあげられる。

「宇佐見、すごい顔してる」

「やぁだ、あ、ああっ……だめ、いっちゃう、いっちゃうよっ」

こんなことされて、ひどいと思うのにぞくぞくする。自分の尻《しり》に、ぴったり矢野の腰が当たっている。奥の奥まで突《つ》きこまれて、もうほんとにどうにかなるとよがり泣くと、背後から耳を強く嚙《か》んだ矢野が押し殺したような声を発した。

「このまま出す。……射精して、いいんだろ？」

しまいには、さっき自分が言ったことを逆手に取られて、死ぬほど恥《は》ずかしがらせられながら、宇佐見はのぼりつめた。

「やだ、ばか、あっ、あっ、いく、いっ……あ！　あ……！」

ぎくっと背中が強《こわ》ばった。目の前では、赤い顔で目を瞠《みは》ったまま自分が大きく口を開け、恥ずかしげに泣きながら腰を振っていて——大きく開いた脚の間をいじる矢野の手が見えた瞬間《しゅんかん》、宇佐見は悲鳴じみた声をあげて、がくんと前のめりにシーツに倒《たお》れこんだ。

「ひぃ……っく」

腹のなかが強烈に熱くて、出されたんだとわかった。けれど、達したはずの証拠《しょうこ》がシーツをどろどろにしても、興奮しすぎた身体はおさまりがつかなくて、ひっきりなしに矢野の硬《かた》いそれを締めつけ続ける。

　宇佐見はしゃくりあげて本気で泣いていた。感情も感覚ももうめちゃくちゃで、身体が興奮しきっていて、ぶるぶるとした震えが止まらない。

「ふあっ、あ……っ」

　抜《ぬ》かれるとき、ざわざわと背筋が総毛立った。また感じてしまいそうで怖《こわ》くて身を縮めると、矢野の長い腕《うで》が巻きつくようにして抱《だ》きしめてくる。

「……もっとする？」

「あう！」

　抜かないで、と訴えるより早く、去ったばかりのそれがずるりと戻《もど》ってくる。矢野もまだぜんぜん、満足しきっていないとわかる質量に、ごくんと喉《のど》が鳴った。

（もう、頭のなか、めちゃくちゃ……）

　全身を震わせたまま意味もなくかぶりを振ると、いやかと訊《き》かれたのでまたかぶりを振った。

「する……もいっかい、もっと、もっとする……っ」

「俺も、したい」

　鼻のさきを嚙まれて、そっちじゃないと口を尖《とが》らせるとキスされた。振り向きざまのそれは不自由でもどかしくて、舌を出したまま互《たが》いのそれをなめあうようにしつこく吸った。

「トモ、前からして……キス、しながら、入れて」

「うん」

もっと見せろと言われるかと思ったが、しゃくりあげてせがむと矢野はあっさり言うことをきいてくれた。なんだか満たされきったような顔をされるのが複雑で、宇佐見は眉《まゆ》をひそめてしまう。

「なんだよ？　むすっとして」

しらっとした顔で問われて、こちらはまだ涙《なみだ》もしゃっくりも止まらないのにどういうことだと思う。頬《ほお》を膨《ふく》らませ、せめてもの意趣返《いしゅがえ》しと宇佐見は拗《す》ねた声を発した。

「……トモがエロすぎてびっくりしたんだよ」

「いまさらだろ。そんなの」

「うあー……もう」

おまけに居直ったこの男ほど手に負えないものはない。なんだかいろいろ回線が切れてしまったらしくて、ふてぶてしいような気配さえする。

（くそ。それでもかっこいいからむかつく）

ナチュラルにべた惚《ぼ》れの宇佐見は拗ねた気分になるのがせいぜいで、そのまま口腔《こうこう》で舌を絡《から》ませあいながら腰《こし》を揺すって、また夢中になってお互いの快楽を追いかけた。

「う、く、……きもちいっ……いい……っ」

「宇佐見」

「ん、な、に？　なに？」

指を絡めて、息を切らして身体をぶつけあう最中《さなか》、矢野がひっそりとした声を耳に吹《ふ》きこんでくる。もう目を開けているのも困難な状態で、それでも宇佐見が目を凝《こ》らすと、どきりとするくらい真剣《しんけん》な、汗《あせ》まみれの顔があった。

覗《のぞ》きこんでくる、透明《とうめい》な黒さの矢野の目を、いっそ舐《な》めてしゃぶりたい。どこまでも全部、自分のなかに閉じこめてしまいたい。そんな危《あや》うい気分で胸をいっぱいにした宇佐見に、矢野は同じほどの温度の声を聞かせてくれる。

「好き、だ……」

「ひあっ……！」

滅多《めった》なことでは言ってくれないそれを、吐息《といき》をたっぷり混ぜた色っぽい声で囁《ささや》かれて、宇佐見は意識が吹っ飛んだ。ぎゅうっとしがみついて、すごい声をあげた気がしたけれども、もうそんなのもよくわからなかった。

＊　＊　＊

ご休憩《きゅうけい》四時間、四千九百九十円。延長にショート二時間をくわえて二千九百九十円。

頭の一時間は会話に費《つい》やしたが、その後は無駄《むだ》なくみっちり施設《しせつ》を利用して、宇佐見と矢野は渋谷の街をあとにした。

残った金額は、へとへとになった宇佐見を駅から乗せてのタクシー代になり、矢野の健全な汗を流した労働の対価は、大変甘ったるくも淫靡《いんび》な用途《ようと》で消えていった。

「腰、ほんとにがっくがくなんだけど……」

「ごめん」

目が覚めるなり昼前に連れだされ、いまはすでに日も暮れている。へろへろになった宇佐見が自宅にたどり着いたとき、運良くまだ母親は帰宅していなかったけれど、このぐったりしたさまを見られたらさすがに追及《ついきゅう》されただろう。

そもそもが、あの過激なスポーツをこなしてなお、体力を持てあましている矢野と、ふだんろくな運動もしていない宇佐見では体力ゲージが違《ちが》いすぎるのだ。いままで発散していたぶんが全部そちらに行くのが怖いと、矢野が言ったのは嘘《うそ》でもなんでもなかったらしい。

「なんか、お腹《なか》空いて目が回る……」

「悪かった。なんか、買ってくるか」

ぐったりとベッドにのびたままの宇佐見が腰をさすって呻《うめ》くと、矢野が気遣《きづか》わしげに問いかけてくる。

(どうしようかなあ。腹減ってるけど、食えそうにないんだよな……)

なにしろあらぬところにあらぬものを入れられて、さんざん腹のなかをかき乱されていたのだ。空腹ではあるのだが、なんとなく腹具合が重たい気もしている。

ちろ、と横目に見た矢野は、すまなそうな、そのくせ嬉《うれ》しそうな顔のままで、常になく上機《じょうき》嫌《げん》な顔を見ていたら、宇佐見の不機嫌などすぐに消えてしまった。

「プリン、食べたい」

「この間のと同じのでいいか？　ほかは？」

「んん、いらない」

すぐ買ってくる、と身軽に立ちあがるのがちょっと恨《うら》めしいけれど、髪《かみ》を撫《な》でてキスしてくれたので、もうどうでもいい。

それこそぐずぐずのプリン状態になった宇佐見の頭では、本当の意味ではじめて心ゆくまでしてしまった彼氏とのエッチに対する満足感だけでいっぱいだ。

（いろんなことしちゃった）

騎乗位《きじょうい》もしたし、脚《あし》を斜《なな》めに交差させたまま入れてもらって、自分でアレをいじったりもした。いちばんすごかったのがうしろから貫《つらぬ》かれながら両脚《りょうあし》を抱《かか》えられ、はしたないところを例の窓に映したときだ。興奮しきった矢野が首に噛みついて、目が回るほど揺《ゆ》さぶられ、宇佐見は本気で泣きわめいて――いいとか悪いじゃなくて、もう、とにかく。

「すごかったあ……」

思いだすと腰がじんじんする。いままでも何度か、挿入《そうにゅう》されただけでいったことはあるけれども、あれがいちばん強烈《きょうれつ》だった。

（あ、寝《ね》そう）

だがさすがに体力は限界だ。指のさきまで疲労感《ひろう》がすごくて、矢野が戻ってくるまでに、起きていられるだろうかと思った。

たくさん、まだ、考えないといけないことはある。大学受験はこれからだし、家を出るにしても親を説得しなければならないし、面倒《めんどう》なことや厄介《やっかい》さは山積みで、少しも解決していない問題もまだいくつかある。

けれどもう、今日は眠《ねむ》ってしまってもいいかと思う。目が覚めてもきっと彼はそこにいるだろうし、これからも——そう、これからも何度でも、こんなふうな時間は持てるのだろう。

ぼんやりした目を薄《うす》く開いて、自分の手を見た。何度も何度も強く握《にぎ》られたせいで指痕《ゆびあと》のついたそれが、矢野が宇佐見に向けた執着《しゅうちゃく》と恋《こい》そのもののようだと思う。

苦みと、甘さとを一緒《いっしょ》にして、とろりと流れる、そんなふうな恋をしていられればいい。

たぶんまた失敗も、けんかもたくさんするだろうけれど、とりあえず自分のためにプリンを買ってきてくれる、そんな彼氏はけっこう合格点なのだろう。

とろりとした眠りのなかで、宇佐見の唇《くちびる》はやわらかにほころびる。

階段を駆《か》けあがってくる足音が、弾《はず》んだように響《ひび》いてくるのは、たぶん夢ではないだろう。

END

マシュマロ摩擦熱

ドアを開けたとたん、矢野智彦が鼻をくんと動かしたのは、部屋中にたちこめた焦《こ》げくさいにおいのせいだった。

「ただいま。宇佐見?」

「……おかえり……」

いつもならば元気に返ってくるはずのお迎《むか》えの挨拶《あいさつ》が、しょげかえったような情けない響きで戻《もど》ってくる。これはまたやったのだろう。においのせいでおおよその推察はつけつつ、玄関《げんかん》から入ってすぐの台所に向かえば案の定、鍋《なべ》を前に途方《とほう》にくれている宇佐見葉の姿があった。

「どうした」

「ちょっと目ぇ離《はな》したら、鍋、噴《ふ》いちゃった」

どうやらスープかシチューかなにかを作るつもりだったのだろう。吹きこぼれたミルクとおぼしきそれはガスレンジに飛び散り、一部を茶色く焦がしている。鍋の中身は半分ほどに減り、しかも底のあたりも相当焦げついているだろうことは予想にかたくない。

「夕食は俺が作るから、いいって言っただろう」

「でもっ、トモ今日、練習試合で大変だろうと思って」

悲惨《ひさん》な状態になっているレンジまわりを、常からあまり表情の変わらないと言われる顔で眺《なが》めた。しょんぼりとした姿が、微苦笑《びくしょう》を誘《さそ》う。気にするなと告げて、矢野は鍋の中身を覗きこんだ。

「ミルク煮《に》、作ろうとしてたのか？」

「うん。これなら簡単だと思ったから……」

問いかけると、しゅんとした宇佐見がうなずく。ベーコンとタマネギとジャガイモを牛乳と塩コショウで煮るだけのそれは、たしかに簡単かつ安上がりにできる一品で、しかも味つけがシンプルなので、まず失敗をしないだろうと矢野が教えたものだった。しかし火加減についてまでは、教えてやらなかったかもしれない。

「牛乳はすぐ噴くから、気をつけないとって言うのを忘れたな」

「それくらい……ふつう、わかるだろ……」

呻いてがっくりと肩《かた》を落とした宇佐見は自分のシャツの裾《すそ》を摑《つか》んで思いきり引っぱっている。これは本気で落ちこんでいるらしいと苦笑した矢野は、おろおろするばかりの宇佐見をどかせ、作りつけの棚《たな》から違う鍋を取りだした。

「無事なところだけ移して、作り直せばだいじょうぶだろ」

「ごめん、こんなにしちゃって……」

「べつにいい。慣れてないんだし、うまくできなくてもしかたないだろ」

跳《は》ねると危ないから、と告げて鍋の中身を移し替《か》える。濁《にご》ったスープが移動すると、予想どおり鍋の底にはジャガイモやタマネギがごっそりとこびりついていた。

焦げついた鍋の底はおたまでさらい、洗剤《せんざい》を入れた水につけておくことにして、ふたりぶんには足りないスープをさてどうするかと矢野は思案する。

「同じの……は、もう材料ないか。ちょっと手入れればだいじょうぶだろ。飯は炊《た》けてる？」

「う、うん。そっちはさすがに、失敗しなかった」

それならばと、矢野は冷蔵庫から野菜類を取りだし、軽く炒《いた》めたあとにかろうじて残っていたミルクスープのなかに投入した。牛乳はもうなかったのでキューブコンソメをお湯で溶《と》き、かさを増した鍋の中身をかき混ぜながら火加減を見る。

「それ、どうなんの？」

「まあ、当初の予定とは違うけど、これでミルク風味のスープもどきにはなるだろ」

メニューは変更《へんこう》になるがかまわないだろうと告げると、途中《とちゅう》でべつの料理に切り替えるという頭がなかったらしい宇佐見は、目を丸くしていた。

「トモ、すっげー……」

本気で感心したらしい呟《つぶや》きに、矢野は苦笑《くしょう》するしかない。

無事にお互《たが》い、本命だった大学に入学し、ふたり暮らしをはじめてから判明したことだが、宇佐見は家事全般《ぜんぱん》がとにかくからっきしし、だめだった。

料理はとにかくへたくそで、洗濯《せんたく》をすれば素材もわからず洗濯機に突《つ》っこむから、ニットの服を縮めたり、色柄《いろがら》ものと分別もせず白いシャツをまだらに染めたり。掃除《そうじ》くらいはさすがにできるが、要領が悪いのであまりきれいに片づけられない。

対して矢野のほうはと言えば、親のしつけが厳しかったため整理整頓《せいとん》はもともと得意だ。見た目だけなら『男子厨房《ちゆうぼう》に入らず』を地でいきそうな雰囲気《ふんいき》ながら、体育会系部の合宿という共同生活のおかげで、洗濯や掃除は小器用に要領よくこなす。身体《からだ》を作るのに必要なため、栄養バランスまで計算し尽《つ》くした料理も、ほぼ完璧《かんぺき》だ。

（まあたしかに、宇佐見には無理だろう）

我ながら不遜《ふそん》とは思うが、のっけで自分と同じレベルのことが宇佐見にできるとは、矢野も思ってはいない。

実家にいたころなどは、母親に「あんたはありとあらゆる意味でかわいげがないのよ」と言われるほどに、矢野にできないことはなかった。じっさい、母親より家事の得意な息子《むすこ》というのもあまりかわいくない話だろうが、矢野の母自体が仕事に忙《いそが》しく、そうそう手をかけていられる状態でなかったのだから、自分でやるしかなかっただけのことだ。

それに対して、宇佐見はといえばできることのほうが少ない。専業主婦の母親を持ち、家のことは高校を出るまでお手伝い程度しかしたこともなかったのだろう。

一般的《いっぱん》な十代の男子としては、それくらいがふつうだし、それについて、矢野としてはとくに思うところもないのだが、宇佐見はやはり我が身を情けなく思うらしい。

「……ごめん、トモ」

「なにが？」

「却《かえ》って、手間かけさせちゃった」

頼《たよ》りなく眉《まゆ》を下げて、矢野のうしろで肩を落とす宇佐見は、本当に申し訳なさそうだった。

たしかに焦げついた鍋には苦笑するしかないけれど、べつに矢野は怒ってもいない。

そして宇佐見は不本意だろうけれど、失敗のたび本当にしょげかえる彼の姿が、ちょっとかわいいと思っているのも事実だった。

たしかに家事全般は不得意としか言いようがないし、矢野が端《はた》から見ていても彼の親たちは非常にまっとうな方々ではあるが、比較《ひかく》的放任主義で、矢野家ほどにしつけの厳しいタイプではなかった。

たぶん宇佐見は家の中で、だいぶ甘やかされてきたのだろうな、と思う。だがそれでなにが悪いのだろうかとも、矢野は思っている。

（まあ、気持ちはわかる）

このほよんとした生き物は、叱《しか》ってしつけるよりどうにも甘やかしたくなるのだ。

癒《いや》されるという言葉は大仰《おおぎょう》であまり好きではないけれど、宇佐見は全身からふわふわしたやさしいなにかが放たれていると矢野は思う。大事にされてきた人間特有の、無邪気《むじゃき》な甘ったるい雰囲気が嫌味《いやみ》ではなく細い身体を包んでいて、それが矢野のような独立独歩のタイプには、ことさら魅力的《みりょく》に映る。

だいぶ以前には、それをちゃんと大事にしてやれなくて、そんな自分に苛立《いらだ》ったものだったけれど——いまは、どう言えば恋人《こいびと》の気分が浮上《ふじょう》するのか、少しは学んだ。

「気にするな。俺がばたばたしてるから、やってくれようとしたんだろ」

「でもっ」

ぐずぐずと言いそうな宇佐見の頬《ほお》を、手の甲《こう》で軽くぺちんと叩《たた》く。もういい、のサインに彼は唇《くちびる》を尖《とが》らせて、矢野の二の腕《うで》あたりに額をくっつけた。

「ひさしぶりに、トモが早く帰るからと、思ったんだけど……」

「言っただろ。あんまり気を遣《つか》わなくていいって。同居するのにいちいちお互い神経張ってたら、身が保《も》たない」

話すたび、吐息《といき》が腕にかかってくすぐったい。長い睫毛《まつげ》をそよがせ、微弱《びじゃく》な風が起きるのまでわかりそうな距離《きょり》に、矢野の胸が妙《みょう》に甘くなる。

「だって、おれ今日も母さんとかに怒られた」

「おばさん？　なんで」

「今日、電話かかってきて……どうせトモくんになんでもしてもらってんでしょうって。あんたなんにもできないんだからって」

小言を言われて、意地になって料理を作って失敗したわけかと、思わず矢野は小さく笑った。くすりと漏《も》れたそれに、拗《す》ねた顔の宇佐見はぷっと膨《ふく》れて背中を叩く。

「ああ……それで」

そもそも、進学した先の大学が実家からいささか遠く――これはあえて狙《ねら》ったのだが――、アパートを借りるのも月の電車賃も大差がないとなったとき、宇佐見は家を出たいと主張したのだが、なかなかそれの許可はおりなかったらしい。

――だって葉ちゃん、なにもできないでしょう。

心配顔の母親の説得にかなり骨を折ったらしいが、逆にその『なにもできなさ』が功を奏した部分もある。中学時代からしっかりした優等生で有名だった矢野と同居ならどうなのだ、と言ったら、宇佐見の親は「トモくんと一緒《いっしょ》なら……」と渋々《しぶしぶ》ＯＫを出したそうなのだ。

それを聞いたとき、矢野としては宇佐見の親に申し訳ないやら顔向けできないやらで、非常に複雑な気持ちにもなったけれど、そこはあえて考えないことにしてもいる。

ちなみに矢野家の場合、金銭面での問題さえクリアすれば、あとは好きにしろという雰囲気だった。学力的レベルでいえばもっと上の大学を狙えたものを、好きこのんで剣道《けんどう》まみれになるためいまの大学を選んだ息子に、両親はすっかりさじを投げていた。

また矢野自身の体格を鑑《かんが》みると、手狭《てぜま》な部屋では暮らしにくいことは必至だ。宇佐見とルームシェアをすれば、都下のアパートならば３ＬＤＫでも親の出した条件内におさめられることもあり、迷惑《めいわく》ではないのかとしきりに気にする宇佐見家の母を説得する材料にもなったというわけだ。


「べつに、いいだろう。徐々《じょじょ》に覚えれば」

「徐々にったって、もう半年経《た》ってる」

春から暮らしはじめて、いまはすでに暦《こよみ》の上では秋になった。ここ数年の異常気象のおかげで、まだ残暑が厳しくまるっきりの夏日だ。火を使っていると身体がなんとなく汗《あせ》ばんでくる。

「まだ半年だろ。ゆっくりでいい」

額と鼻の頭に薄《うす》く汗をかいた矢野が穏《おだ》やかに答えると、宇佐見は複雑そうな顔をした。

「だって、トモのほうが忙しいのに、なんもかんもやってもらってるじゃんか」

「ひとりで住んでりゃ、どうせ自分でやることなんだし、変わらないって言っただろ。それに宇佐見だって、いろいろつきあいがあるんじゃないのか？」

問いかけると、宇佐見はふっと口をつぐんだ。その反応に、矢野はため息を嚙《か》み殺す。

お互いに違《ちが》う大学に進み、高校時代よりもなお交友関係は分かれた。矢野は相変わらず剣道部の稽古《けいこ》に明け暮れている。さすがに大学剣道ともなると猛者《もさ》が多く、対外試合の数も増えた。

この日は練習試合だったため、たまたま早く切りあげられたが、体育会系部の縦割り社会はつきあいにもうるさく、そんなこんなのばたばたとした日々を送っている。

人好きのする宇佐見のことなので、どこぞのサークルにでも入ればその行事で忙しいだろうと思うのに、気づけば毎日、矢野より早く帰宅しているのに気づいたのはいつだっただろう。

「どっか、サークルとか入ったのか」

「えと……まだ……」

「もう秋だぞ。誘《さそ》いはあるんだろ？」

問いかけると、うなだれて宇佐見は黙《だま》りこむ。矢野は鍋《なべ》の中身をかき混ぜたあと味を調《ととの》え、弱火にしてから振《ふ》り向いた。

「俺がばたついてるからって、宇佐見が無理にあわせることないって、言ったよな」

「……だってトモ、いつも忙しいし。せめておれが待ってないと、顔も見れないよ」

もう何度か話しあったことを口にすると、弱い声の反論がある。参ったな、と矢野は頭をかいた。

（ここまで気にさせると思わなかった）

高校を卒業する前、幾度《いくど》か独占欲《どくせんよく》まるだしの駄々《だだ》を捏《こ》ねてしまったことがある。寂《さび》しがりでふらふらしそうな宇佐見のことがもどかしくて不安で、いっそ自分以外と口をきくなと言ってやりたいと、そんなことを何度か告げた。

矢野としては、無理を承知の話だったのだ。いくらなんでもそんな無茶な要求を、本気でするつもりはなかった。だが、どうやら宇佐見は本気で、矢野中心の生活を送ろうと思ってしまったらしい。

「あのな。先週、秋月から電話があった」

「え……ゆ、ゆりちゃん？　なに言った？」

数少ない共通の知りあい、秋月百合の名前を出すと、宇佐見はびくっとして顔をあげる。

気の強い秋月には、かつて矢野はつきあってくれと言われて断ったことがある。

そもそも告白してきたとはいえ、彼女の場合は矢野を好きだからではないのだ。『ステイタスとして、自分の彼氏になってほしいから』という理由をストレートに述べた秋月にはいっそ感服はしたが、そういった意味で心を動かされたことは一度もない。

第一、秋月と話す内容はといえば、彼女のお気に入りであり、目下矢野の情動を動かす唯一《ゆいいつ》の人間でもある、宇佐見のことばかりなのだが、かつての告白の経緯《けいい》を知る宇佐見としては、矢野と秋月が連絡《れんらく》を取りあうことにいささか複雑らしい。

「おまえ、進学してからずっと会ってないんだろ。いいかげん縛《しば》りつけるなって叱られた」

「お、おれ、トモのせいだなんて言ってないよっ」

青くなって慌《あわ》てるから、小さな頭を軽く叩いて落ち着けと告げる。

「そんなこと思ってない。ただ、宇佐見が俺のせいで時間つぶしとか、遊びもできないのとか、そういうのはあんまり、いいことだと思ってない」

嫉妬《しっと》深《ぶか》いのも独占欲が強いのもどうしようもないことではある。だが本気で宇佐見の生活まで縛りつける気はさすがにないし、そういうことで息苦しくなって宇佐見に逃《に》げられたらどうするのかと秋月にもさんざん脅《おど》され、これでも矢野は譲歩《じょうほ》したのだ。

——ぎりぎりで閉じないから、あんたたちってわりと健全よね。

大学に進んですっかり浮《う》き名を流しまくっている秋月の言葉が、ふっと浮かぶ。返事ができなかったのは、本当にそうなんだろうかと自分に不安になったせいもあった。

——まあ、ウサも相当頑張《がんば》ってるけど……矢野ってさ。じつは亭主関白《ていしゅ》でしょ？

縛りつけないようにしてあげてよねと、したり顔で言うあの女は、やはり少し苦手だ。なぜなら、頭がよすぎるからだ。

(ああまで言い当てられるのも、いやなものだな)

本当は宇佐見について、誰《だれ》にも見せないで大事にしまっておきたいとさえ思う、矢野の執《しゅう》着《ちゃく》的な感情など、秋月にはお見通しのようだった。そして見透《みす》かされるという経験がほとんどない矢野は、セオリー通りうろたえて腹を立て、いっそう自分を律しようと思ったのだ。

「ちゃんと毎日一緒にいられるし、俺はそれだけで嬉《うれ》しいから。宇佐見は宇佐見で、自分の時間持っていいんだ」

自分は自分でやることがある、だから宇佐見も好きなようにしていていい。そう告げると、彼はさっきよりなおのことしょげた顔で、もそもそとなにかを呟《つぶや》いた。

「……ない、じゃん」

「なにか言ったか？」

「だ……だってトモ、休みも、夜も、ろくにいないじゃんっ。おれが待ってなきゃ、どうやって顔あわせりゃいいのかわかんないじゃん！」

それを突《つ》っこまれると少々厳しく、矢野は言葉をなくして黙りこんだ。

体育会系部の学生はとにかく酒を飲む。正直、つきあいたいとも思わないが、未成年ですからといういいわけが通用する世界でもなく、稽古のあとは夜半まで飲み会に引きずり回されることも多いのだ。

もともとアルコールをたしなんだことはなかったが、どうやら強い体質だったらしく、潰《つぶ》されることはまずない。だがそのおかげで、潰れた先輩《せんぱい》らの面倒《めんどう》を見るのが矢野の役割になってしまい、毎度最後までつきあわされてしまう。

「でも、だから、その時間はおまえはおまえで、ちゃんと自分のつきあいとかしろよ」

「トモといる時間削《けず》ってまで遊びたくないっ」

きっと睨《にら》まれて、ちょっと落ち着いてくれと矢野はため息をついた。

「大学の上下関係って、けっこうばかにできないぞ。サークルとかゼミとかそういうので、先輩とかにうまい授業の取りかた教わることとだってあるんだ」

大学という組織の選択式《せんたくしき》の授業形態は、正直いってかなりややこしい。自分がしたい勉強をする前の段階で、効率のいいコマ選びをしないと、講義を受けるのも試験も大変な目に遭《あ》う。

「俺は大学違うんだし、そういうの宇佐見は宇佐見で、ちゃんと知らないとだめだろ」

言いながら、なにをこんな説教くさいことを口にして、宇佐見を拗《す》ねさせているのだろうかと、矢野は心底疲《つか》れた。

「わかってるけどっ」

じわっと目が潤《うる》んでいる。失敗した上に小言を言われて落ちこんでいる彼を、本当はもうどうでもいいと抱《だ》きしめそうになって、矢野はあえて腕《うで》を組んだ。だがそんな矢野の無駄《むだ》な努力は、涙目《なみだめ》になった宇佐見の次の言葉に、ぐずぐずに崩壊《ほうかい》しそうになる。

「でも、俺にとってはいちばん大事なの、トモだもんっ」

「宇佐見……」

「授業のこっとかは、自分でちゃんと調べるよ。でも、そんなことのために無駄にサークル入って遊んでも意味ねえもん。やりたいことっていったって、おれがいちばんしたいのは、トモといっしょにいることだもん」

言いきられて、無理矢理組んだ腕がむずむずする。正直いえば、いまの宇佐見の発言は、矢野にとってかなりの殺し文句だった。

じつのところ矢野は、べつに宇佐見のサークルのことなどどうでもいいし、へたにナンパサークルなどに入ってもらっては困るというのが本音だった。昨今、あの手のサークルは年々悪質化していて、宇佐見のようなふわふわしたタイプがタチの悪い連中に目をつけられでもしたら、男も女もなく乱交や犯罪に引きずりこまれかねない。

（まあ、そのあたりは秋月とか城山が嚙《か》んで含《ふく》めてるらしいけど）

夜遊びの達人らしいあの連中は、いろいろな意味で情報が早い。揃《そろ》って宇佐見をかわいがり、クラブ関係などで危《あや》うげなところには近寄らないよう忠告もしてくれているようだ。

（俺じゃ、そういうのはわからないから）

そういう点では頼《たよ》りになるかと、あのふたりに宇佐見が連れ回されるのは業腹《ごうはら》なくせして、矢野は身勝手なことを思う。

だがそうした本音を、いま口にしていいのだろうか。それは結局、宇佐見の行動範囲《はんい》をいたずらに狭《せば》め、矢野を助長させるだけではないか。いろいろと惑《まど》うのは、本当は――宇佐見を独《どく》占《せん》したい自分を知っているからなのだ。

（むずかしいな……）

言葉の接《つ》ぎ穂《ほ》を見失い、ことことと鍋が煮《に》える音だけをＢＧＭに黙りこんでいると、宇佐見がぽつっと呟いた。

「トモ、ひょっとしておれ、うざい？」

「は？」

いきなりなんだと目を丸くすると、薄《うす》い肩《かた》を小さくして宇佐見はぎゅっとシャツの裾《すそ》を握《にぎ》る。目の縁《ふち》が赤く染まっていて、なんだか完熟した果物《くだもの》のようだとぼんやり思った。

「ま、待ってるの、とか。鬱陶《うっとう》しい？　だったら、気をつける」

なんでそっちに発想が行くのかわからず、矢野はまじまじと小さな顔を眺《なが》めてしまった。

いま宇佐見が口にした言葉は、そのまま矢野の心中にあったことなので、よけいに驚《おどろ》いてしまったというのもある。

「べつに、そういうふうには思ったことはない」

なにより矢野を優先したいと言う気持ちを鬱陶しいなどと、思うわけがない。むしろかわいさのあまり胸がざわざわして、いよいよ組んだ腕はほどけかけている。

「でも、外で遊んでたほうが安心って、聞こえるよ」

「いや……それは」

安心はしないしむしろ不安だ。どこにも行かないで自分だけのことを考えろと、思わず口走りそうになって、矢野は口をつぐんだ。

（わかってないな……）

宇佐見を、この腕のなかから一歩も出したくないと、矢野はときどき本気で考えている。

けれどそれこそ、閉じたなかに宇佐見を押しこめたら、このやわらかいものは小さく縮んで潰れてしまうのではないかとも思うから、できない。

矢野に遠慮《えんりょ》してひとづきあいまでセーブしようとする彼に、そんなふうにしなくていいと教えるために、じつはあえて、剣道《けんどう》部などの予定をつめたりしているのは事実なのだ。

全部を排除《はいじょ》してふたりきりでいるのではなく、たくさんのひとのなかでふたりで手をつないでいたい、そのほうがきっと宇佐見にはいいはずだと、そう思ったのだが。

「おまえが、無理してなきゃいいなと思っただけだ」

「してないよ」

ついに自分に負けて髪《かみ》を撫《な》でると、抱きしめてほしそうに身体《からだ》を寄せてくる。少し汗《あせ》ばんだ身体はしっとりとして、半袖《はんそで》から伸《の》びた細い腕をゆるくさすると、甘いため息がこぼれた。

「おれべつに、夜遊びすごく好きなんじゃないよ。トモがいないから、寂《さび》しいから、遊んだだけだもん」

「宇佐見……」

「好きにしていいなら、ずっとこうしてたいよ」

ぎゅっとしがみついてくる身体を腕で包んで、どうしたものかと矢野は深く息をつく。

いざ暮らしてみると甘い生活は想像していたほど簡単にはいかないことも多い。

大学もあるし部活もある、つきあいもあれば小さなけんかもする。よかれと思ってしたことが裏目に出たり、ささいなことですれ違《ちが》ったり。

(大事にしたいんだけどな)

こういうことばかり、自分はやはり不器用だ。すぐに宇佐見をしょんぼりさせる。落ちた肩を可哀想《かわいそう》にと思うのに、いじらしいような言葉ばかりをくれるから、いとおしくて胸がちりりと焦《こ》げる。

自分のせいで傷つく宇佐見に喜ぶなんて最低だ。そう思ってつむじに落としたため息に、宇佐見は一瞬《いっしゅん》びくっとして、しかしそのあと違う意味でもう一度、震《ふる》えた。

「あ、あれ」

「……言うなよ」

「あの、トモくんがなんか、急にお元気に……」

「だから言うなって」

気まずく赤くなって、小さい頭を軽く叩《たた》く。「わー」と言いながらまじまじ股間《こかん》を見るのはやめてほしい。さすがにちょっと自分でも、感情との直結具合が恥《は》ずかしいのだ。

だがおかげで、重くなりかけた空気が、気恥《きは》ずかしい甘さを孕《はら》んだものへと変化する。

ことことこと、と鍋《なべ》が煮えている。やさしいにおいのする台所で、体温をあげた気持ちいい身体を抱きしめて、なんだか世の中に足りないものはなにもない気分がした。

ちょっとした言葉の行き違いも、こうしているとすぐに解消できてしまう気がする。けれど、体温のやさしさに甘えているばかりでは、いけないのだろうとも思う。

「えーと、する？」

「メシ、できちゃうだろ」

「でも、きつそう」

触《さわ》るなというのに、宇佐見はふざけたように笑ってそこを撫でてくる。じん、と腰《こし》の奥が疼《うず》いてしまうのは、一週間ほどセックスはご無沙汰《ぶさた》だったせいなのだ。

「明日、平日だぞ」

「いいじゃん、べつに」

「だめだ。決めただろ、休み前しかしないって」

ぷく、と膨《ふく》れた頰《ほお》を軽くはたいてたしなめるのも、かなりつらい。

苦い顔をして腰を引き、ほっそりした腕をそこから離《はな》させるのは、宇佐見のためなのだ。

同居した理由について、ちゃんとしたいからだなどと身も蓋《ふた》もないことを言ったのは矢野のほうだったが、それもなかなかむずかしいのだと悟《さと》った。

あれはまだ春、多忙《たぼう》さや煩雑《はんざつ》さをどうにかクリアし、思いきり爛《ただ》れた夜をすごした翌日に、宇佐見は腹具合をおかしくして熱を出した。そうしてからやっと、この行為《こうい》が宇佐見に相当負担がかかるのだと気づいた自分の間抜《まぬ》けさを、矢野はいまでも苦く思っている。

「また寝《ね》こんだらどうすんだ。すぐばてるくせに」

「あれはもともと風邪《かぜ》気味だったんだって、何度も言ったじゃんっ」

いまと同じ言葉で、宇佐見はもともと具合が悪かったのだと言い張ったが、それならそれで宇佐見の体調にも気づいてやれない自分に、矢野は猛省《もうせい》したのだ。

高校時代には、やはり時間に追われてそこまでの行為に及《およ》ぶのは、数回しかなかった。おまけに矢野自身が慣れておらず、基本は宇佐見にリードされる部分があったせいか、度を超《こ》すことはさほどなかった。しかし近ごろでは、いろいろ覚えたおかげで逆に、まずくなったのだ。

「おまえそう言ってこの間、気絶しただろ」

「あ、あれはっ、あれは、ちがっ……」

指摘《してき》すると、かあっと宇佐見は赤くなった。よすぎて意識が飛んだのだというのはなんとなくわかるけれど、矢野としてはそれもどうなのだと思う。

「身体がついてけなくなったってことだろ。俺も加減しきれてないし……気絶なんかするのが身体にいいわけ、ないだろ」

感じやすく敏感《びんかん》な身体は過度のセックスには疲《つか》れてしまうし、体力に関しては尋常《じんじょう》ではない矢野がおさまるまでつきあいきったら、本当に宇佐見は身体をこわすだろう。

ぐったりとしている宇佐見を思いだしたら、あっというまに熱も冷めた。もぞもぞと探《さぐ》っていた宇佐見は「あ」と残念そうな顔をするけれど、矢野としてはほっとする。

「とにかくメシ。な？」

もう離れろと肩を押したら、宇佐見はむっとした顔のままさらにしがみついてきた。おい、と咎《とが》めても腕《うで》を離さず、ぶんぶんとかぶりを振《ふ》った彼は拗《す》ねきった声で言った。

「今日、してくんなかったらやだっ」

「やだって、あのな」

聞きわけがないとたしなめるつもりの矢野の声は、腕の震えに気づけば引っこめるしかない。

——やっぱり、おっぱいないと、ヤダ？　俺の身体、きらい……？

——どうせ、やらしいのおればっかだよ。

宇佐見は、この手のことを拒絶《きょぜつ》されることにひどく傷つく。こちらがどれだけ、彼を思って我慢《がまん》しているのだとしても、抱《だ》いてくれないと怖《こわ》いと震える。

（ああ、もう）

明け透《す》けに見えて、扱《あつか》いが面倒《めんどう》なくらい繊細《せんさい》だから、いつも矢野は困り果てる。

何度口にすれば、伝わるのだろうか。何度抱きしめたら、わかってくれるだろう。

矢野には宇佐見しかいなくて、いつだって抱きたい。彼が怯《おび》えて心配するように、宇佐見しか知らないから——女を知らないから惑《まど》っているのでも、錯覚《さっかく》でもない。

なんで自分なんか、といつも宇佐見は言うのだが、正直なぜとは矢野が訊《き》きたいくらいだ。

かつて、顔もスタイルも抜群《ばつぐん》な秋月につきあえと言われても、一ミリたりとも矢野の心は動かなかった。秋月以外にも何人か、告白らしいことはされたが、そのときも同様だった。

自分は女に興味がないのかな、と思ったことがないわけでもない。かといって宇佐見以外の同性と言われても、正直想像もつかない。とにかく矢野は、自分でもときどき、いささか偏《かたよ》っていると思う程度には、宇佐見以外にそういう意味での興味が持てないのだ。

そして宇佐見にはとても言えないが、大学に入ってからはもっとろこつな誘《さそ》いも、じつはある。部の飲み会のあとに、シモネタの好きな先輩《せんぱい》のひとりが無理矢理に、矢野を風俗《ふうぞく》ぎりぎりのパブに連れていったことがあったのだ。だが、そこで腫《は》れあがったような胸の谷間を押しつけられても、こういう仕事の女性は大変だなと妙《みょう》な感心をしただけだった。

あげくには冷静すぎる矢野をおもしろがった相手の女性とは世間話に終始し、色気もそっけもない状態で時間を終えたのだが、その際に彼女は「いいなあ」と言ったのだ。

——本命以外になにもする気にならないって、それすごいことじゃん。ふつう、きみくらいの歳《とし》なら、穴がありゃなんでもいいのにねえ。

パブのお姉さんには感心するように『一途《いちず》ね』と言われたけれど、それも程度問題じゃないかとも思う。

たぶんその事実を教えてやれば、自分のややもすれば執着《しゅうちゃく》じみた一途さは理解してくれるだろうけれども、矢野は賢明《けんめい》なので話をややこしくしかねない事実には口をつぐむことにした。

「宇佐見。明日、講義は？」

「一限は、休み……だけど」

なんで、と上目遣《うわめづか》いで見あげてくる恋人《こいびと》の腰を抱きしめなおす。仕種《しぐさ》と問いかけになにかを察したらしく、宇佐見の大きな目が期待に輝《かがや》いた。

「一回だけ。しつこくしないで、早寝《はやね》する」

「えー……。おれ、濃いいのでもべつに、いいのに」

「だめ。ちゃんと止めろよ」

顔をあげた宇佐見が、ちろりと顎《あご》を舐《な》めて誘う。小さな舌のなめらかさにぞくりとしつつ、矢野は今度こそほっそりした身体《からだ》を引き剝《は》がした。

「その前にメシ、で、風呂《ふろ》。あと課題とかレポートとかはないのか？」

「ないないっ」

即答《そくとう》に、本当だろうかと目を見ると、あまりにわくわくした顔があって思わず噴《ふ》きだした。

「あ、なんだよっ。なんで笑うんだよっ」

「なんでもない。とりあえず、テーブルかたせ」

ふてくされつつ、「はあい」と子どものように返事をした宇佐見がおかしくてかわいい。なのでつい、手が伸《の》びた。

「え？」

肩《かた》を摑《つか》んで、振り向きざまに唇《くちびる》を盗《ぬす》むと、ぽんぽん過激なことを言うくせに宇佐見はすぐに赤くなる。

「……もっと」

目を見かわすと、今度は宇佐見がさきに瞼《まぶた》が閉じたので、もう少しゆっくりと唇を重ねる。

（だめだな、もう）

そうしながらも、矢野はとりあえず平常心を保つため、履修《りしゅう》した講義のなかでももっとも難解な刑法《けいほう》の条項《じょうこう》を、片っ端《ぱし》から思いだしていたのだった。

＊　＊　＊

鼻先に、ふわふわしたものが触《ふ》れて、くすぐったさに矢野は目を覚ました。

（……朝か）

矢野の敷《し》いた布団《ふとん》のすぐ傍《そば》にある窓、遮光《しゃこう》カーテンの隙間《すきま》からうっすらと朝陽《あさひ》がさしこんでいる。腕を伸ばし、青みのきいたそれを少しめくると、まだ早い時間なのだと見当がついた。

昨晩、宣言どおりセーブ気味のセックスをしたあとで、宇佐見は一緒《いっしょ》に寝ると言い張った。寝室《しんしつ》は一応べつにしてあるのだが、ふたり一緒のときにはあまりばらばらに寝たことはない。

目が覚めて、隣《となり》にいる恋人の顔をぼんやりと眺《なが》めながらすごす怠惰《たいだ》な時間というものが、妙におもはゆく甘ったるいことを最近知った。

ぴたりと寄りそった身体は寝汗《ねあせ》にしっとりとして、首筋に貼《は》りつくようなやわらかい髪《かみ》をそっと払《はら》うと、宇佐見が小さく身じろいだ。

「ん……」

子犬のようにすりよってくる、やわらかいきゃしゃな身体。しかし、無意識に抱《かか》えこんだ肢《し》体《たい》の中心が、朝の生理現象で尖《とが》っているのに気づいたとたん、甘ったるいそれが急激にべつのものへと変化するのを矢野は感じた。

（まずいな）

じん、と腰《こし》が痺《しび》れている。昨晩、一応の加減をしたとはいえ、そのぶんかなり宇佐見をあえがせて眠《ねむ》りに就《つ》いたというのに、少しも落ち着かない自分が怖い。

風呂に入って冷ますか、それとも始末をするか――と迷うのだけれども、ぴったりと抱きついた宇佐見を起こすのもしのびない。どうにか腰だけでも離《はな》そうとするのに、逃《に》げを打てば甘ったれの彼はますますぐずってしがみつき、矢野の腿《もも》を自分の脚《あし》で挟《はさ》みこんだ。

（うわ……）

ショートパンツからすらりと伸びた、やわらかい素足《すあし》がそこを刺激《しげき》する。眠っているせいか体温が高く、しっとりしたそれについ手が伸びて、一度触れたら離せなくなった。

矢野自身が筋肉質なうえに、竹刀《しない》で硬化《こうか》した手のひらはかなり分厚く、こんなやわらかいものを触《さわ》っていいのかといつも思う。撫《な》でるだけで痛いんじゃないかと不安になるくらい、宇佐見の身体はマシュマロみたいに頼《たよ》りなくて、口のなかに入れたら溶《と》けそうだ。

どちらかといえば痩《や》せているほうなのに、宇佐見はなんでこうも気持ちいい手触《てざわ》りなのか。骨が少ないんじゃないかというほど、ふよんとしたそれを撫でつつ、止まらなくなりそうだと下腹の突《つ》っ張りを伴《ともな》う熱に気づいて矢野は思う。

昨晩、どうにかフルコース一回で終わらせて眠りについた。しかし練習は休みで体力は余っているうえ、少々ひさしぶりのそれでは身体が満足しなかったらしい。

（ぐらぐらしてきた）

まずい、と顔を歪《ゆが》めているうちに、宇佐見もぴくんと肩をゆらした。起きたのかと焦《あせ》った矢野は、自分のあさましさに鳩尾《みぞおち》を冷やし、とっさに手を引こうとしたのだが。

「う……ん」

（あれ）

無意識の動きなのだろう、ゆるく張りつめたそこを矢野の腰にこすりつけ、宇佐見はくふんと鼻を鳴らした。寝《ね》ぼけてのことなのか、夢でなにかしているのか、と思いつつ、誘惑《ゆうわく》に負けた矢野の手のひらが、ついに小さい尻《しり》を掴む。

いつ触っても、ふわふわしているそこが好きだ。やばいな、と思いながら止まらずにショートパンツの裾《すそ》をめくるようにして手を入れると、さらにつるりとやさしい感触《かんしょく》がする。

「ん、ふ……んん、んっ」

ぴくぴくと悶《もだ》える宇佐見はまだ目を開けない。けれど、矢野が撫でまわすそれに徐々《じょじょ》に息をはずませ、すりすりと身体をこすりつけてくる。

（かわいい……）

触るだけだからと自分にいいわけして、汗《あせ》に湿《しめ》った狭間《はざま》を、長い指でくすぐるように撫でた。むずがゆいのか、きゅん、と熱っぽい肉に挟まれた硬《かた》い指が、ダイレクトに股間《こかん》を直撃《ちょくげき》する。

こんな痴漢《ちかん》じみたことをしていいわけもないと思うのに、脚を挟んだ腿がしっとりと熱を帯び、宇佐見の腰が徐々に卑猥《ひわい》に動きだすから止まらなくなる。

「ふ、あっ、ん、あんっ……トモ……やっ……」

半分夢の中にいるせいか、ものすごくかわいい声であえぐ。おまけに、しっかりと自分の名前を呼んで震《ふる》えるから、矢野の自制心は簡単に吹《ふ》っ飛んだ。

「宇佐見……？　寝てる？」

「あ、うぅっ」

無意識に唇を舐め、布地に包まれたそこに無理に差し込んだ指を、ついに宇佐見のなかに入れた。そこは昨晩の名残《なごり》でまだ少し濡《ぬ》れていて、矢野の指をいやがるどころか、きゅうんとしまって喜んでいる。つい指を動かすと宇佐見のそこが完全に勃《た》ったのがわかった。

「はふっ、あっ、あっ」

「なあ、宇佐見？　寝てるのか、ほんとに」

きゅん、きゅん、と指を締《し》めたまま、宇佐見は大胆《だいたん》にそれを矢野へと押しつけ、前後に腰を揺《ゆ》すりはじめた。胸に顔を埋め、半開きの唇であえぎだすからたまらずキスをすると、「うぁんっ」と喉奥《のどおく》で呻《うめ》いて腰を反らした。

じゅわ、とそこが濡れたのがわかって、矢野ももうどうしようもなくなる。こりこりするところへ自分の熱を押し当て、つい強く抱《だ》きしめると、そこでようやく宇佐見が気づいたらしい。

「ん、あ、あれ……？」

ぱち、と目を開けた宇佐見は、状況《じょうきょう》がよくわからないようだった。やっと起きてくれたかとほっとしつつ、矢野も間抜《まぬ》けな挨拶《あいさつ》をする。

「……おはよ」

「おは、よって……えっ？　あ、え、なにっ……、あ、あん！」

だが、状況を把握《はあく》しきれない宇佐見の、ぽってり熱いそこに含《ふく》ませた指は、その間も止まらない。宇佐見の好きな場所を小刻みにこすって、ひときわ強く締めつけられた。

「やだ、トモ、なにっ……え、なんで？　なんで指、入れてっ……」

「宇佐見が、この状態にするから……」

気まずいまま、ぴったりと合わさった腰を指摘《してき》すると、怒《おこ》るかと思った宇佐見はただ赤くなる。まだ半分くらいは寝ぼけているのか、とくにあらがうこともないままでいるから、軽く指を揺らしてみたのだが、ただ甘ったるくあえいで目を丸くするだけだ。

「はうんっ！　あ、やだ……なに、なんで、エッチなことして……っ」

「ごめん」

怒りも、拒絶《きょぜつ》もしないままましがみついて、ばか、となじる声が甘い。ほっとしながら、めくりあげるだけだったショートパンツを下着ごと脱《ぬ》がせ、思うさま尻を揉《も》みくちゃにしても、小さく鼻を鳴らして感じている。

「なあ……舐《な》めていいか」

「え？　え？……ん、い……っあ、やあ、指っ、やだぁ……」

目が覚めるなりいきなりマックスの快感に叩《たた》きこまれ、目を回しながらも宇佐見はあらがわない。悶える身体《からだ》にのしかかって脚を開かせると、もうべとべとに濡れた性器が現れた。

「や、うそっ、トモ……や、あん！」

赤く濡れたそれにごくりと喉を鳴らし、物も言わずに吸いついた。髪の毛を摑《つか》んで悶えた宇佐見はかくんと腰を揺らして脚を開き、含んだ指をますます奥へと誘《さそ》いこむ。

「なに、やだ、なんで？　なんでっ……ああ、ああっ」

「気持ちいいか？」

「いいけど、いいけどぉ……！」

昨晩のあれこれのせいですっかり綻《ほころ》んだそこは、指で慣らすまでもなくとろけている。つんと上を向いた性器を吸いながらかき混ぜてやると、自制できない感じに腰を振《ふ》るからたまらない。宇佐見の身体ならどこでも舐めたい。指を入れたところまで舌を這《は》わせると、悲鳴じみた声をあげて小さな尻がすくんだ。

「す、ごい、トモっ……そんな、そんなとこ」

「ごめん、する」

こんなことまでしては、触るだけ、どころではない。もう矢野のそこは痛いくらいにぎりぎりになっていて、頭の中が欲求だけでいっぱいになっていく。

「……入れていいか？」

「え、え？　いれるの……？」

驚《おどろ》いたように濡れた目を丸くする宇佐見に、正直言えば気まずかった。

昨日はえらそうにたしなめておいて、結局はそれか。情けないやら恥《は》ずかしいやらで顔を歪めてしまうけれど、股間から全身にまわる疼《うず》きがまともな思考を蹴《け》りやってしまう。

（やばい、まずい、だめだ）

たぶん自分は性欲が強いんじゃないんだろうかと思う。ときどきタガがはずれて本当に思うままにすると、相手が怯《ひる》んで泣きだすこともあるし、なにより昨日言ったとおり、宇佐見の身体がついてこられない。

だから矢野は毎度ながら、だいぶ抑《おさ》えているのだけれど――昨晩妙《みょう》なやせ我慢《がまん》をしたせいか、今朝はどうにも、止められそうにない。

「なあ、宇佐見、いい？」

苦しい、と熱っぽい息をついてシャツ越《ご》しに肩《かた》を噛《か》んだ。震えた宇佐見はまだ状況を理解できていないようで、けれど奥を揃《そろ》えた指でかき回すと、ひきつった息を吐《は》いてうなずいた。

「も、わけ、わかんな……っ、けど、い、いれて」

早く、と自分で脚《あし》を抱《かか》えている。ひくひくと男を欲しがっている小さな孔《あな》にそれを押し当てると、舐めただけなのにほとんどなんの抵抗《ていこう》もないままずるんと飲みこまれた。

「ア――……！」

「うわ……やわらか……」

「やっだ、も……トモ、でか、いよっ」

　熱っぽい内部と、背中を掻《か》きむしった細い指、濡れた声の全部が矢野の身体を震わせる。ねっとりしたなにかが煮《に》えたぎる性器を包んで、やわやわと揉むようにうごめいている。

いきなり激しく動いても、痛いとも言わずに宇佐見は悶える。下肢《かし》だけの衣服をずらしてのいきなりのセックスに、苦しそうにシャツを握《にぎ》ってはふはふと息を切らした。

「ごめんな。寝てたのに、ごめん」

「あ……そ、そうだよね？　お、おれ寝てた、のに」

感じつつ、なにがなんだかわからない、と目を潤《うる》ませている宇佐見に、もう一度ごめんといって腿《もも》に口づけた。

「ごめん。俺が悪い。我慢できなかった」

「トモ……？」

「くっつかれて、宇佐見が脚、絡《から》めてきたら……そこ、ちょっと勃ってたから」

朝の生理現象とはわかっていても、ぐらぐらした。さすがに自分のケダモノぶりが恥ずかしいと思いつつ耳を赤くすると、宇佐見のそこがいきなり、ぎゅうっと収縮する。

「いっ……？」

痛いほどのそれに、やはり怒ったのかと思った。だが抱きついてきた宇佐見は、少し恥ずかしそうに、そして嬉《うれ》しそうに笑っている。

「我慢……できなかったんだ？　昨日、一回しかだめって言ったのトモなのに」

ふたたび、ごめんと言いかけた矢野の唇《くちびる》に、ほっそりした指が触《ふ》れた。咎《とが》めるのは、少しも痛みを覚えさせない強さで口の端《はし》を引っぱった指だけで、宇佐見は甘くて溶《と》けそうなキスをくれるだけだ。

「いいよ。トモがしてくれるの、おれ、嬉しいから」

「宇佐見……」

「だから、いいから、あ、んんっ……いいから、ね？」

促《うなが》すように腰《こし》を振られ、ぬかるんだように熱い粘膜《ねんまく》が、矢野のそれをねっとり包んで締めあげる。早くここで射精しろと促すような蠢動《しゅんどう》に奥歯を噛んで耐《た》え、いきなり襲《おそ》ってしまったぶんも詫《わ》びるようにと腰を動かし、宇佐見の快楽をじっくりと煽《あお》った。

（なかが、とろけてる）

腰を送りこみ、何度もして覚えたあの感じやすいところをかすめて震《ふる》わせると、宇佐見はぎゅっと目を閉じて震える。そうしてしばらくしつこくすると、拳《こぶし》を握って口元にあて、そのあと胸をあえがせて感じだす。

「そこ、だめ……そこ……」

「いいんだよ、な？」

「いいから、だめっ……いっちゃう」

それでも逃《に》がさずに律動を送りこむと、ついには腰が持ち上がり、矢野に押しつけるように前後に振りはじめる。シーツに突《つ》っ張った爪先《つまさき》で快楽をこらえ、薄《うす》い腹部をひくつかせて感じるさまは、朝の光のなかではひどく刺激《しげき》的だった。

「トモ、いく……いくから、乳首《ちくび》、触《さわ》って……っ」

「ん……する」

Tシャツをめくりあげ、胸を突きだすようにしてせがむ。その仕種《しぐさ》も、表情も声もなにもかもが胸の奥に突き刺《さ》さるように矢野を煽ってだめにする。

膨《ふく》らみのない、薄い肉の張った胸を撫《な》でさすり、やわらかくマッサージをするように触れると宇佐見の腰がくぐっと持ちあがる。入れたまま胸を吸われるのが宇佐見は好きで、反対の乳首をこねまわしながら舌でいたずらすると、腹に性器をこすりつけるように身体を揺《ゆ》らす。

「ああ、あ、きもち……よお……っ」

そしてそうして煽られると、矢野が興奮するのも知っている。上手にかわいく乱れて、お互《たが》いを高めるやりかたを知っている彼を、少し苦く思ったこともあったけれど。

「好き、トモ……すきっ」

半分泣いたような声で必死にしがみついてくるから、もうどうでもいい。なにより宇佐見が、抱《だ》かれてこんなに感じたのは矢野だけだと言うのだから、信じて抱きしめ続けるしかない。

「あぅんっ、トモ、トモ、トモぉっ」

頼《たよ》るのは矢野だけだというようなせつない声で、名前を呼ぶしかできなくなる宇佐見がかわいくて、かわいくて、喰《く》い殺しそうだと思う。

「もう……いく？」

「ふあ、いくっ、いくっ……あ、ん――……！」

宇佐見がいくとき、それまで甘く濡《ぬ》れた響《ひび》きで喘《あえ》いでいた声が一瞬途絶《いっしゅんとだ》える。

唇を開いたまま、喉《のど》の奥で嬌声《きょうせい》と快楽をもどかしそうに転がし、ひくりひくりと全身を波打たせ、そうしてひときわ大きく震えて射精するのだ。

その瞬間、矢野を引きずりこむような蠢動がすさまじく、いつもそれに負けて放ってしまう。

「う、く……」

「く……ふ、んぅ」

達したあと、ぷるぷるとしばらく痙攣《けいれん》する。そしてとろりととろけきった目をして、子犬のように鳴くのがたまらなくかわいらしい。

手の中でくったりとなった性器のさきが濡れている。軽く拭《ぬぐ》うようにしてやると、まだ矢野を挟《はさ》みこんだままの身体《からだ》がびくっと大きく跳《は》ね、矢野のそれを強く締《し》めつけた。

「いま……触っちゃ、やだ……」

「ごめん」

一度抜《ぬ》いてと、甘えた声で言われてうなずく。挿入《そうにゅう》自体は平気でも、身体を折り曲げたような状態が苦しいらしい。

ずるりと濡れた性器を引き抜いて、矢野はほんのかすかに眉《まゆ》をひそめる。精液やその他のもので濡れた自分のそれは、ほっそりときれいな身体に埋《う》めこむにはかなり凶悪《きょうあく》な感じがして、いつも罪悪感があるのだ。

「平気か？」

「ん……」

くたりと横たわったまま息をはずませている宇佐見は、それでも矢野の問いかけにやわらかく微笑《ほほえ》む。近ごろ顔つきも少し大人びたせいか、以前からのかわいらしさにくわえて妙に色っぽくなったと思った。

「……ごめんな」

えらそうに言ったくせに、結局はこのていたらくだ。興奮が少し冷めた矢野が何度目かの謝罪を口にすると、宇佐見は眉をひそめて小さく笑った。

「なんで？　おれ、言ったよ。嬉しいって」

「けど」

「トモに、強引《ごういん》にされるの、やじゃないよ。……ていうか、されたい」

じっと目をあわせていると、せつない顔で瞼《まぶた》を閉じた。キスしてほしいと訴《うった》えているのはさすがにわかって、そろりとやわらかな唇を吸う。

深く重ねると、表面ではなく内側の粘膜がしっとりと触れてくる。宇佐見の皮膚《ひふ》はやわらかくみずみずしい。触れているだけで全身が潤《うるお》うような、そんな気分にさえなってしまう。

はじめてキスをしたのが十四のときだった。それ以来、矢野はこの唇しか知らない。

「……あ」

軽くついばむような口づけをしていただけだったけれど、手触《てざわ》りのいい身体を撫でているうちに、腰のあたりにまた熱がたまった。気づいた宇佐見がちょっとだけ恥《は》ずかしそうに肩を竦《すく》め、いたずらでもするようにそれを撫でてくる。

宇佐見は、手のひらまでもやわらかい。このやわらかな感触《かんしょく》を荒《あ》れさせるのが忍《しの》びないなどと、けっこう本気で考える自分はかなり、いかれているなと思う。

「トモ、きもちい?」

「ん……」

好きにいじらせながら、軽く息をついて宇佐見を抱きしめなおす。身体を重ねたあとだけに、そう急《せ》いた熱はわきあがらないけれど、じゃれるような愛撫《あいぶ》は心地《ここち》いい。

「そういえば、朝えっち、はじめてだっけ」

「……寝《ね》てるとこ襲ったのは、さすがにないと思う」

もはやいまさら謝ってもしかたない。居直って告げると、宇佐見はおかしそうに噴《ふ》きだした。

「あは。襲われちゃったんだ、おれ」

えへへ、と笑ってくれるから、気まずさを覚えないでよくなるのだと思う。

宇佐見の無邪気《むじゃき》さに、いろいろな意味で救われていると思うことがある。本来ならうしろめたく感じるような行為《こうい》のはずなのに、からりと明るく笑ったまま、楽しそうに触れてくる彼のおかげで、矢野はあまり深いところに意識をおかないですんでいる。

この、一見軽薄《けいはく》にさえ振《ふ》る舞《ま》う彼が、じつのところ誰《だれ》より繊細《せんさい》にひとに気を遣《つか》うことを、矢野は知っている。明るそうに見えて落ちこみやすくて、けれど一生懸命《けんめい》それを見せないようにするところも。

すこし頼りないくらい、彼はやさしい。ぎすぎすした競争や、胆力《たんりょく》のいる戦いには向かないかもしれないけれど、宇佐見はひとを——矢野を充分《じゅうぶん》なごませる、それがいいのだ。

親しみやすく甘ったるくかわいいけれど、宇佐見はものすごい美形、という顔ではたぶんない。けれど、矢野には世界でいちばん、やさしくて愛らしい顔だと思う。

(なんにも、できなくていい)

手先が不器用でも、いろんなことの要領が悪くても、矢野にこんなに気持ちのいい時間をくれる相手は誰もいない。抱きしめてキスをしているだけで、幸福感に全身が包まれる、そんな相手はどこにもいない。

「俺はたぶん、宇佐見が、ものすごくかわいいんだな」

「え……」

頭に浮《う》かんだそのままを、ぽろりと口にしたとたん、彼はきょとんと目を丸くして、そのあとじわじわ首から赤くなった。

「わ……わー、あはは、なにゆっちゃってんの、トモ。なんかすごいこと言ってるんだけど」

「すごいことなのか？　わからないけど」

焦《あせ》ったように薄笑《うすわら》いをして、ぱたぱたと手を振ってみせる。その、自分よりひとまわりも小さいきゃしゃな手首を掴《つか》んで抱き寄せると、宇佐見はがちっと音がする勢いで固まった。

「食事とか、そういうのも、宇佐見はなんにもできなくっても、いいんだ」

「トモ、でもそれじゃ……」

昨晩の話を蒸《む》し返したようになって、宇佐見がすっと顔を曇《くも》らせる。誤解しないでほしいなあと思いながら、矢野はあまりうまくない言葉を綴《つづ》った。

「もちろん、宇佐見がいろいろ考えて、してくれるのも嬉《うれ》しい。けど、俺は、たぶん――」

「たぶん？」

なんだか自分が、ものすごい恥ずかしいことを言いそうになったと気づいて、矢野はさすがにくちごもった。だが、気になる、なんだろう、という目で宇佐見が見つめてくるので、矢野はなんとなく目を逸《そ》らし、観念して口を開いた。

「特別なことは、なんにもしなくていいから、そこにいてくれると、すごい幸せだと、思う」

「ト、モ……」

宇佐見は気づいているだろうか。鉄面皮とまで言われた矢野が、一緒《いっしょ》に暮らしてから毎日のように、笑っているのだ。そんな自分に気づいては面《おも》はゆく胸をやわらげている。

宇佐見がいるだけで、矢野がどれだけ肩《かた》の力を抜くことができているか、安心するか、彼はもしかしたら、知らないのかもしれない。

「宇佐見に許されてるなあと思うと、それで、全部が足りてる感じになるんだ。うまく言えないけど、そういう感じがする」

もしかしたら、愛しているというのはこういう気分かもしれないなと、そう思った。だがさすがにその単語を口にするのは恥ずかしすぎて、遠回しなよくわからない言いかたになってしまった気がする。

こんなので通じるだろうかと思って宇佐見を見ると、泣いているからぎょっとした。

「ど、どうしたんだ?」

「……うえ……」

「なんだ、どうしたんだよ。なんで泣くんだよ」

ぼろぼろこぼれるそれに慌《あわ》てて、跳ね起きた矢野はなにか拭《ふ》くものをと周囲を見まわした。

だが手近にあったタオルを掴むより早く、宇佐見が胸に飛びこんでくるからまたシーツに倒《たお》れこむ。

「トモ、今日、どっこもいかないで。いっしょ、いて」

「宇佐見? でもおまえ、講義は」

「単位、ちゃんと足りてるもん。おれ、まじめにしてる、もん」

ぐしょぐしょの顔をしかたなく手のひらで拭ってやると、上から覆《おお》い被《かぶ》さった彼が口に吸いついてくる。なんだかよくわからないが、悲しい涙《なみだ》ではないようなので、しょっぱいキスを矢野はそのまま受け入れた。

だが、少し眉《まゆ》を下げた宇佐見の言葉に、矢野のほうが顔をしかめてしまう。

「トモみたいに優秀《ゆうしゅう》じゃないけど……ちゃんとしてるよ? 心配、されないように」

「宇佐見?」

「いろいろトモに迷惑《めいわく》かけちゃってるけど。おれ、大学とかそういうのだけは、ちゃんとしてるつもりだから。そりゃ、ぜんぜん、トモには追いつけないと思うけど」

これ以上差をつけられないように、自分なりに頑張《がんば》ってるから。だからたまには甘やかしてくれと、潤《うる》んだ目で覗《のぞ》きこんでくる。

「だから、いろいろできなくて、呆《あき》れても、なんにもできなくていいとか言わないでくれよ」

「さっきのは、そういう意味じゃ」

「わかってる。わかってるけど、おれだってトモになんか、してあげたいから」

かすかに滲《にじ》んだ淋《さび》しさに、まいった、と思った。そして似てないようでいて、同じようなことに気を遣《つか》っていた自分らのことにも、気づいてしまった。

もともとひとりが平気な矢野の、世界との接点はきっと宇佐見で、だから自由にしていろと、無理なくせして言ってみた。狭量《きょうりょう》な自分を諌《いさ》める意味でも気をつけようと思った。

（でも、違《ちが》うんだよな）

矢野は、少し焦ったのかもしれない。本当は腹の中が煮《に》えているくせに、嫉妬《しっと》深《ぶか》い自分を宇佐見にきらわれたくなくて、寛容《かんよう》なふりでふるまって——しかし慣れないことは結局、無理が出たのだろう。

（不安がらせて、どうすんだ）

この恋人《こいびと》が甘ったれの寂《さび》しがりなのは知っていたのに、かっこつけてほったらかして、いったいなんの意味があるのか。矢野はなんだかばかばかしくなって、ふっと肩の力を抜《ぬ》いた。

たまには、全部を忘れてお互《たが》いだけになってもいい。だから肌《はだ》を重ねて身体《からだ》をつなぐ。その隙間《すきま》には、誰も入れないくらい抱《だ》きあって、我を忘れて互いを貪《むさぼ》る。

だがそれをちゃんと、宇佐見に教えてやっていたのだろうか。

「ね、サボろう。それで、エッチしよ？　いっぱい、してほしい」

必死になって胸にしがみついてくる宇佐見は、次に来る言葉が却下《きゃっか》のそれだと思っているに違いない。だから矢野は細い腰《こし》を抱き、くるりと身体を反転させた。

「え……あれ？」

「そんなこと言っていいのか」

予想と違う状態に、きょとんと目を丸くした宇佐見の、まだ濡《ぬ》れた目元を舐《な》める。そして、汗《あせ》に湿《しめ》った腿《もも》を思わせぶりに撫《な》でたあと、膝《ひざ》を掴んで開かせて、自分の腰を挟《はさ》ませた。

「一日中、本気で手加減なしで抱いて、おまえ疲《つか》れないか。俺のこと、きらいにならない？」

「え、えっ……て、手加減してたの？　いや、昨夜のはともかく、さっきの」

「さっきもだ。っていうか、大抵《たいてい》は」

あれでか、と目を丸くするあたりはまだまだ甘いと思い、同時にむっとなる。これでも矢野は相当に、自分より骨格のきゃしゃな宇佐見の扱《あつか》いには、気をつけていたのだが、少しもわかってくれていなかったらしい。

「まあ、いやになったら一応、やめてやる努力はするから、言ってくれ」

「ええっ!?」

返事を待たずに口をふさいで、とろとろに濡れたそこに指を入れた。軽くいじっただけで絡《から》めた舌は痙攣《けいれん》し、誘《さそ》うように腰を疼《うず》かせているからそのまま押し入ると、さきほど放った自分の体液が、宇佐見の体温でぬるまって溢《あふ》れてくる。

「あう……ん！　や、出てきちゃっ……」

宇佐見のたまらないような声と、淫《みだ》らな光景と感触《かんしょく》に、矢野は喉《のど》を鳴らした。

（腹の中がいっぱいになるくらい、ここに出してやりたい……）

考えた自分にぞっとして、けれどそれどころではない様子の宇佐見に、すぐに危《あや》うさはかき消された。矢野に甘い恋人は、のっけから激しくしても色っぽい声をあげるばかりで、愛撫《あいぶ》とキスをせがんでは、あどけなく淫靡《いんび》にあえぎ続ける。

「具合悪くなったら謝るし、看病する」

「……ん、んんっ」

それでいい、とこくこくうなずいてしがみつき、宇佐見もまた煽《あお》るように腰をよじった。

「それから、宇佐見はなんにもできなくなんかないから」

「んん、え……？」

「失敗しても、頑張ってるとこがかわいいから。上手にできなくていいって、そういう意味だから」

さきほど、少し言葉の足りなかった部分を補うように告げると、嬉しそうに笑って宇佐見がしがみついてくる。

「へへ。……トモ、好き」

なかで揉《も》みこまれるようなそれに呻《うめ》きながら、矢野はさらにのしかかって宇佐見の身体を揺《ゆ》すりあげる。ぴったりと嚙《か》みあったそこから拡《ひろ》がる甘ったるさに、ふたり同時にあえいだ。

「いい、いい、溶《と》け、ちゃう……っ」

「うん……っ」

こすれあうところから発生する熱が、脊髄《せきずい》をつたわって脳までスパークする。やわらかくふわりとした身体に包まれているのに、刹那《せつな》的でいて、ひどく濃厚《のうこう》なその快楽は、鋭《するど》く激しい。

入れられるのが好きかと訊《き》いたら、大好き、と腰を振《ふ》りながら泣いた。こんなにいいのはおかしいだろうかと問うから、もっと乱れろと揺り動かし、気持ちいい、気持ちいいと言わせながらすごい格好をさせて、痴態《ちたい》の全部を眺《なが》める。

恥《は》ずかしくてたまらない姿を、全部覚えたい。宇佐見が自分をいやになって、逃《に》げたくなったとき、こんなことを知られている相手から逃げられないと思えるくらいにしたい。

そんなほの昏《ぐら》い思惑《おもわく》は、だが宇佐見の小さなひとことで、全部きれいに消えてしまう。

「トモ、トモ、きもちいい？」

「ん？」

「我慢《がまん》、とか。そういうの、しなくていいから。手加減をしないでいいから。苦しそうにあえいで、それでも微笑《ほほえ》んで告げるから、もうなにもかもが吹《ふ》っ飛んでいく。

（いつも、こうなる）

はじめて宇佐見に触《ふ》れてから、もう二年が経《た》った。

秋月の件を相談しにいったはずが、話が横に逸《そ》れ奇妙《きみよう》にねじれ、結果的にはお互いの気持ちを確かめあうことになったあの日のことは、正直よく覚えていない。

高熱でも出したかのように、矢野はただ、必死だった。触れることに必死で、宇佐見を抱きしめることに必死で、やわらかい手で性器をしごかれ、濡れた場所に指を入れて射精する瞬間《しゅんかん》までとにかく夢中だった。

あんなに緊張《きんちょう》したことは、生まれてこのかたなかったと思う。昇段《しょうだん》試験を受けようが、全国大会の試合に出ようが、受験の本番だろうが、いつも平常心でやりすごしていた矢野なのに、手が震《ふる》えて眩暈《めまい》がして、腹の奥がじりじりと落ち着かなかった。

いや――一度だけ、中学生のときにその予兆のようなものは味わったかもしれない。

――なあなあトモ、チューしたことある？

無邪気《むじゃき》に問われたあの瞬間。そしてぶつけるだけだったはじめてのキス。顔にはいっさい出ないまま、矢野の心臓は破れんばかりに走り続けていた。

そのときの息もできないような、胸が押しつぶされそうなせつなさと高揚《こうよう》は、いまだに腹の奥に燻《くすぶ》っている。慣れることができなくて、加減も調子もわからなくて、少し覚えたと思ったらまた、新しいわからないなにかが生まれて胸を掻《か》きむしる。

「宇佐見、好きだ。すごく、好きだ」

むずかしいことなどなにも考えられない頭で、矢野はこみあげてきた言葉を口にした。そうしたら宇佐見はまたしゃくりあげながら、まるでなにかに負けまいとするように声をあげる。

「なんだよっ……おれなんか、愛してるもんっ……」

矢野が言いよどんで結局逃げたその言葉を、あっさりと、そして真摯《しんし》に宇佐見は口にする。

(これだから、かなわない)

そうしてまんまと負けた矢野は、芯《しん》までとろけきった熱い身体の中でさらに溶かされて、思わず笑いながら悔《くや》し紛《まぎ》れに、俺もだこのやろう、と宇佐見にキスをする。

満ち足りた端《はし》から飢《う》えていく、きりのない連鎖《れんさ》にみずから進んで、溺《おぼ》れたい。

そうして矢野は、いまでも全力で、宇佐見に恋《こい》をし続けている。

END

あとがき

こんにちは、崎谷《さきや》です。さて、宇佐見《うさみ》と矢野《やの》のシリーズ第二弾《だん》です。

毎度タイトルは「甘いもの＋化学用語」になっておりますが、今回は進路問題で悩《なや》む宇佐見の状況《じょうきょう》も鑑《かんが》み、ちょっと苦めのカラメルで。番外短編矢野視点は、むっつりくんらしく……マシュマロですね……。トモのだめだめっぷりは書けば書くほどエスカレートし、大変楽しくてたまりません。若いですから。若いですから（二度言って強調）。

今回は当社比のなかでも「甘！」というラインになったと思います。高校生のラブなのだからど真ん中剛速球《ごうそっきゅう》で真っ向恋愛《れんあい》一直線でよしと、ある意味少女漫画《まんが》な雰囲気《ふんいき》を狙《ねら》ってみました。成長期らしく、前作よりいろいろな面で変化させてみて、脇《わき》キャラについてもさらにいろいろ書けて、うきうきと楽しかったです。

しかし高校生というのは、思い返すに本当に不思議なイキモノで、自分の学生時代を振《ふ》り返っても、恋愛やなにかに対してのことが、みんなアンバランスだったなあ、と思います。年齢《ねんれい》の上下差はマックス三年分しかないはずなのに、一年と三年では心も身体《からだ》も成熟度があまりに違《ちが》う。あと同い年でもやっぱり、かなりの差が生じたりして、少なくとも校風を考慮《こうりょ》に入れ自分で選択《せんたく》し、試験を受けて入学したからには、多少なりと似た人種が集まるはずなのに、やっぱり相容《あいい》れないひとたちもたくさんいたりして。

中学生はもっとナマっぽく子どもらしい、本能的な残酷《ざんこく》さがあるけれど、高校生は多少頭が回るようになったぶん、とりつくろうことを覚えてしまう。だからなんとなくの疎外《そがい》感、なんとなくの居心地《いごこち》の悪さ、そういうひりひりした過剰《かじょう》な自意識と隣《とな》り合わせですごす、不思議な時間が「高校生というイキモノ」なんじゃなかろうかな、と近ごろは思います。

片思いの男の子に、チョコレートを渡《わた》そうか渡すまいかとどぎまぎしている友人がいて、その子が顔を赤くしながら「どうしよう、どうしよう」と言っている真横で、べつのクラスメイトは「うちの彼氏、最近元気なくてさあ。夜のほうが」と大声で喋《しゃべ》っていたりして。

男子は男子で、本命ちゃん相手に「この間髪の毛触《さわ》っちゃった」とか、ういういしいことを言ったその数秒後「やべえこの間（ナンパ相手と）ナマでやっちったよ。病気、だいじょぶかな」などと身も蓋《ふた》もないことを同じ口にしていたり。

恋《こい》やセックスやそのほかのことで秘密を持つのが好きで、同時にその秘密を誰《だれ》かに漏《も》らすのも好きで。他人を上手に思いやることも、やさしくすることもできない。そんなふうにみんな身体と心が、ばらばらな時期だったんだろうなと、いまにしてみれば思います。

もしかしたらもっと聡明《そうめい》で早熟なひとたちは、もっと大人だったのかもしれないけれど、少なくとも私や私の周囲の子たちを見ていると、そういう感じがしていました。

みっともない、恥《は》ずかしい、思いだすと顔から火が噴《ふ》くような時代を、いま生きている。そういう子たちは、幼く生意気でおばかさんであさはかで、だからかわいいなあと思うのです。しらっとした顔の下で、やわらかいものを必死に護《まも》っていて、つついてしまったらすぐにムキになる。そのもろさが、若さなんだろうかと。大人びた、とか大人ぶる、という言葉を使っていいのはその時期の子どもだけなのでしょう。じっさいの大人がそんな振る舞《ま》いをしたら「おとなげない」としか言いようがないですからね。まあ昨今、おとなげない大人ばっかりですけどね、自分も含《ふく》めて……（笑）。

たまに、若い読者さんから感想をいただきます。この前作にあたる「ハチミツ浸透圧《しんとうあつ》」にもいただきました。不思議と、私のもとに届く十代の読者さんの手紙やコメントは、無邪気《むじゃき》なのに大人顔負けに礼儀《れいぎ》正しい丁寧《ていねい》なものが多く、そのたびいろんな意味でほっとします。恋愛小説を読んで、無邪気に感動しましたと言える。そのままの気持ちで、かわいい大人の女性になってくださいねと、そんなふうに考えます。

さてそんななつかし語りは置いておいて（笑）、今回もいろんな皆様《みなさま》に助けられつつの本作でした。まずは毎度のツッコミ部隊、Rさん冬乃《ふゆの》、そして坂井《さかい》さんありがとう。とくにさかみん、ほんとにここずっと、あなたと進行を確かめあって励《はげ》まし合って生きているよね……。

担当さんも毎度ばたつきつつの団子仕事の最中《さなか》、もろもろのご協力感謝です。アホラブ書きたいという私をなま温かく（笑）見守ってくださったおかげで、ぽよぽよとした宇佐見にトモ、楽しく書けました。あ、とにかく身体にだけは気をつけてくださいね。一連託生《たくしょう》で(あれ)。

そして今回も、たくさんのイマジネーションと励みをくださったのはイラストのねこ田《た》先生でした。前作に引き続き、本当に、見ているだけで顔がほころぶようなかわいらしくも色っぽいイラスト、ありがとうございました。トモのむっつりっぷりを愛《め》でて頂いたおかげで、調子にのって番外編まで書けました! 宇佐見の腰《こし》のラインがたまりませんでした(笑)。表紙があまりにかわいくて萌《も》え死にそうでした! 宇佐見の腰のラインがたまりませんです。次回作、風見《かざみ》と城山《しろやま》についてもまた、お願いすることになりますが、センス溢《あふ》れるイラスト、いまからすごく楽しみです。

また、一年数ヶ月ぶりの続編となります今作について、楽しみですというお声をくださった皆様にも感謝です。わりと続きが思いがけないタイミングでぽこっと出るタイプなのですが、気長に待って頂けることが心底ありがたいです。

近年のハイペースな刊行に、だいじょうぶですかと言われることもありますが、書き続けていないと却《かえ》って調子が悪いタイプなので(笑) これからもばりばりと頑張《がんば》ります。

次回ルビーさんは寒いころお目見えですね。城山編の前にべつのお話でお目見えしますが、そちらもどうぞよしなにお願い致《いた》します。

それでは、またお会いできれば光栄です。

KADOKAWA
RUBY BUNKO

カラメル屈《くつ》折《せつ》率《りつ》
崎《さき》谷《や》はるひ

角川ルビー文庫　R83-15　14372

平成18年9月1日　初版発行

発行者——井上伸一郎
発行所——株式会社角川書店
東京都千代田区富士見2-13-3
電話/編集(03)3238-8697
営業(03)3238-8521
〒102-8177　振替00130-9-195208
印刷所——暁印刷　製本所——BBC
装幀者——鈴木洋介

本書の無断複写・複製・転載を禁じます。
落丁・乱丁本はご面倒でも小社受注センター読者係にお送りください。
送料は小社負担でお取り替えいたします。

ISBN4-04-446815-X　C0193　定価はカバーに明記してあります。

©Haruhi SAKIYA 2006　Printed in Japan

イマドキの高校生・宇佐見は中学の時、クラスの優等生・矢野と
冗談で交わしたキスが今でも忘れられなくて——？

ルビー文庫